JN318784

ぎ系男子の溺愛ルール

榛名　悠

幻冬舎ルチル文庫

C O N T E N T S

✦目次✦

うさぎ系男子の溺愛ルール

✦カバーデザイン＝吉野知栄(CoCo.Design)
✦ブックデザイン＝まるか工房

イラスト・カワイチハル✦

うさぎ系男子の溺愛ルール

寂しがりやだよね——と、よく言われる。

一人でいるのがあまり好きじゃないから、楽しそうな雰囲気を感じ取るとついつい興味を惹《ひ》かれてしまうのだ。

「ユキくんって、かわいいよね」「一緒にお出かけすると楽しいし」「他の男と違ってガツガツしてないから、女友達みたいに話しやすくていいんだよね」「一言で言ったら、安全パイの草食系！」

諍《いさか》いは嫌だから、みんな笑顔で仲良く楽しいのが一番。

話しかけられれば当然笑顔で答えるし、遊びや食事に誘ってもらえると素直に嬉《うれ》しい。

でも時々、よかれと思って取った言動が裏目に出ることもある。

「ユキくんは、案外博愛主義者なんだね」「何ていうかさ、お前ちょっと八方美人なところがあるよな」「偽善者っぽくない？」「タチが悪いよなあ、ホント小悪魔！」

言葉の意味自体は知っていても、なぜ自分がそんなふうに責められるのかよくわからなかった。

その中でも特に衝撃を受けた言葉がある。

――あんた、司書のフリした詐欺師だな。

人生で一番、胸を抉《えぐ》られた一言だ。

■1■

木曜日の図書館にはゆったりとした時間が流れていた。

平日の午前中ということもあって、訪れる利用者は年輩の人が中心だ。小さな子どもを連れた母親や、大学生の姿もちらほらと見かける。

小さな町の図書館だが、一昨年に大々的な改修工事を行い、去年から新たな公共施設として生まれ変わった。狭かった書架の間の通路が広くなり、蔵書も増えて、以前は薄暗く窮屈だと不評だった読書スペースが全体的に見直されたのだ。おかげで利用者からの評判は良く、図書の貸し出し数や予約数の増加もきちんと数字になって現れている。

桃山由貴《ももやまゆき》は、その改修工事後に新たに委託職員として採用された新米司書である。

「おや桃山くん、こんにちは」

ブックトラックに積んだ本を棚へ戻していると、声をかけられた。

振り返ると、顔見知りの老翁が立っている。由貴はにっこりと微笑《ほほえ》んだ。

「あ、花田《はなだ》さん。こんにちは、今日もいい天気ですね」

「そうだねえ。散歩しながら図書館に足を運ぶのにはちょうどいい季節だねえ。何せ読書の秋だから」

御年七十歳を超える花田は、足腰もしっかりしていて元気だ。もう何年も前から近所の自宅と図書館までの散歩を日課にしており、司書の顔と名前も全部暗記している。去年、由貴が新たに職員として加わった時も、「おや、初めて見る顔だ。よろしくねえ」と、にこにこしながら声をかけてくれた人だった。

「そうそう、うちの庭の柿の木に今年はいっぱい実がなってね。桃山くんは、柿好き？」

「はい、大好きですよ」

「だったら、今度うちに取りにおいでよ。わしもばあさんもさすがに高い場所の柿は取ることができないから、腐って落ちるのを待つだけでねえ」

「わあ、頂いてもいいんですか？　そしたら、僕が届く範囲でお手伝いしますよ。今度の休館日にお邪魔しても大丈夫ですか？」

「うんうん、助かるよ。うちのばあさんにも言っておくから。桃山くんが来るとなると、うちのも張り切るからね。桃山くんは一人暮らしだから、いっぱい食べさせてあげないといけないって。もう孫みたいなもんだから。あれだね、ばあさんも言ってたけど、桃山くんの笑顔を見ると元気になるんだよ。いつもありがとうね」

そんなふうに言ってもらえるのが嬉しくて、由貴は思わず破顔した。

「こちらこそ、いつもありがとうございます」

「うんうん、その笑顔が一番」

それじゃあねと、花田が去っていく。今日は趣味の囲碁雑誌を読みに来たのだそうだ。

「ユキくん」

仕事に戻ってすぐにまた声をかけられる。今度は三十代半ばの男性がやってきた。

「坂巻《さかまき》さん、こんにちは。あれ？　お店はお休みなんですか？」

彼は近所にある喫茶店のマスターだ。ボタンを二つほど外した白いシャツからは微《かす》かにコーヒーの匂いが漂ってくる。

「いや、店はこれからだよ。その前にユキくんの顔が見たくなってさ」

野性味の強い顔立ちに短い顎鬚《あごひげ》が似合う坂巻が、ニッと白い歯を見せて笑った。気さくに話しかけてくれる彼につられて、由貴も微笑む。

「今日は何か本をお探しですか？　お手伝いしましょうか」

「んー、まだこの前に借りた本が全部読めてないから。けど、ユキくんがすすめてくれたあの本、すごく面白いよ。あとちょっとだけ、次の章まで——って、ついつい夜更かしをしちゃうんだよなあ。ほら、この辺にクマができてるでしょ」

坂巻が自分の目の下を指差しながら、顔を近づけてきた。

「ああ、本当ですね。本を楽しんでもらえるのは嬉しいですけど、ちゃんと睡眠はとってくださいね。倒れたら大変です」

「……優しいなあ、ユキくんは」

ああ癒やされると、坂巻が由貴の頭を撫《な》でてきた。

「そういえば、あの本の中に牡蠣《かき》料理が出てきたでしょ？　読んでたら食いたくなってさ。牡蠣をいろいろな調理法で出してくれる店を見つけたんだよ。今度、ユキくんも一緒にどう？　ユキくん、一人でゴハン食べるの苦手なんでしょ？　俺も一人は寂しいから一緒に食べようよ。それまでに本を読み終えておくからさ。感想を語りながら、ね？」

「いいですね！」

牡蠣料理よりも本の感想に食いつくと、坂巻が「よし、じゃあ決まり」と、弾んだ声を上げる。「おっと、そろそろ戻らないと。ユキくんも、またコーヒーでも飲みに来て」

「はい。伺いますね」

ひらひらと手を振る坂巻を見送って、由貴は思わず鼻唄を口ずさみそうになるのを慌てて堪《こら》えた。地域の人たちと交わす何気ないやりとりが楽しく、温かい言葉をかけてもらえるとそれだけで気分が弾む。顔を覚えてもらい、司書に気軽に声をかけることのできる図書館はいい図書館だと館長も言っていた。

図書館の利用者はもちろん本を目的に訪れるのだが、中には本を介して司書と話をするのが楽しみだと言ってくれる人たちもいる。

また、この建物の隣は緑地公園になっているので、高齢者や小さな子どもを連れたお父さんお母さんの姿も多い。まったく接点のない人たちが本をきっかけに図書館で知り合うこともあり、地域の人たちがコミュニケーションを図る大切な場所にもなっているのだ。

由貴も、働き始めてからこの一年半で随分と顔見知りが増えた。

採用面接で館長に問われたことを思い出す。

『あなたは人と話をすることは好きですか？』――あの質問の意図が、実際に働いてみてよくわかった。図書館司書は本を好きなだけでは駄目なのだ。ここで働くには図書館を利用する人々とのかかわりが避けられない。人とのコミュニケーションが苦手な人には向かない仕事だ。本も好きだが人と話すことも好きな由貴にとって、ここはとても楽しい職場だった。

突然、ドンとブックトラックに誰かがぶつかった。

由貴は本を棚に戻す手を止めて、ハッと振り返る。

そこには背の高い男の人が立っていた。ブックトラックの向きが大きく変わっている。どうやら擦れ違い様にぶつかったらしい。

「すみません、大丈夫ですか？」

慌てて謝った。急いでブックトラックを脇に寄せる。まだ大量の本が積んであって、かなり重たい。青褪《あおざ》めた由貴は心配になって訊《たず》ねた。

「申し訳ありませんでした。お怪我《けが》はありませんか？」

一瞬、太腿《ふともも》の辺りを押さえていたように見えたが、大丈夫だろうか。

しかし相手からは一向に返事がない。不審に思って顔を上げると、じっとこちらを見ている彼と目が合った。

由貴は思わず息を呑む。

メンズ雑誌のグラビアから飛び出してきたのかと見紛うほどの美貌がそこにあったからだ。

年齢は三十手前ぐらいだろうか。清潔感のある短めの黒髪を軽くワックスで立たせて、グレーのカットソーとジーンズというシンプルな格好。だがその飾りけのない姿が、かえって彼の百八十センチを優に越しているであろう長軀を引き立てて、総じて爽《さわ》やかな印象に繋《つな》がっている。

まるで王子様のようだ。

ぽかんと見惚《みと》れていると、彼がにっこりと微笑んだ。

「いえ、平気です。俺の不注意でぶつかっただけなので」

低めの甘さを含んだ声も外見を裏切らないものだった。

「――あ、あの、本当に申し訳ありませんでした」

我に返った由貴は急いで再度頭を下げた。彼は感じよく笑って、首を横に振る。軽く会釈をすると颯爽《さっそう》と立ち去った。手には何も持っておらず、そのまま出口の方へ向かっていく。

しゃんと伸びた広い背中を見送って、由貴はほうと詰めていた息を吐き出した。

初めて見る顔だ。あんな目立つ人がこの地域に住んでいたのかと驚く。図書館の利用は初めてだろうか。それとも自分が見かけなかっただけで、何度か訪れているのかもしれない。

「すごいオーラだったな。何をしてる人なんだろう」

同じ男でも、あの圧倒的な美貌には見惚れるばかりだった。こんな郊外の小さな町で、あれほどキラキラした人物を見かけること自体が珍しい。ちょっと得した気分になる。

「桃山くん、終わった？」

書架の向こう側から先輩司書の声が聞こえてきた。ハッと夢から醒めたように現実に引き戻される。

「すみません、すぐ終わらせます！」

由貴は気を引き締めて、慌てて作業を再開した。


図書の整理の合間に利用者の質問を受けたり探し物をしたりして、しばらくしてからカウンターに戻ると、先輩の戸倉《とくら》から伝言を受け取った。

「さっき、桃山くんに用があるっていう人が来たわよ。深見《ふかみ》と言えばわかるからって言ってたけど」

「深見？　ああ、深見葉一《よういち》くん」

その名前には心当たりがあった。よくここの図書館を利用してくれる大学生だ。

「手があいてからでいいから、少し話したいことがあるって。しばらく外のベンチで待っているからって言付かったんだけど」

「ベンチですか？　へえ、何だろう」

人懐っこい彼なら由貴を直接探しそうだが、珍しい。それとも館内では話すのを憚《はばか》るような内容なのだろうか。

ちょうどカウンターも人が途切れて暇になり、戸倉が「ここは大丈夫だから、行ってきたら」と気を利かせてくれる。

礼を言って、由貴は急いで外に出た。

目の前は遊歩道になっており、春になると桜並木が綺麗《きれい》で人通りも増える。今は秋なので物寂しい景色が広がっているが、今日は天気もよく、所々に設置されたベンチに座って読書をしている人の姿もちらほらと見受けられた。

由貴は辺りを見回して、深見の姿を探す。

図書館の隣には資料館があり、その先を曲がると駐車場になっている。そこまでにベンチは四つ。一番手前のベンチには年輩の男性が座って本を捲《めく》っていた。その向かい側のベンチには親子連れがいて、奥の二つにはそれぞれ一人ずつ男性が座っている。どちらも七十前後のおじいさんだ。

深見はどこにいるのだろうか。

キョロキョロと、植え込みの先の緑地公園を覗《のぞ》くようにして歩くも姿が見当たらない。おかしいなと思いながら駐車場の方へと足を向ける。

その時だった。建物の陰になっている薄暗い通路の脇、ポツンと一つだけ置いてあるベンチに人影が見えた。誰かが足を組んで座っている。

きっとあれだ。

由貴は急いで駆け寄る。足音に気づいたのだろう、向こうも俯《うつむ》けていた顔を上げた。

「深見くん！」

彼が腰を上げる。

「どうしたの？　こんなところで待っているっていうか……ら……」

しかし、だんだん近付いていくうちに、何かがおかしいと気づいた。背恰好は似ているが、あれは自分の知っている深見ではない。更に近付き、その見覚えのある顔をはっきりと確認した瞬間、由貴は思わず立ち止まっていた。

「あ、さっきの王子……っ」

咄嗟《とっさ》に声が口をついて出た。

「え？」

完璧な美貌が怪訝そうにこちらを見てくる。ハッと我に返った由貴は、あわあわと狼狽《うろた》えた。

「ああっ、すみません！　人違いでした」

慌てて謝り、踵《きびす》を返す。しかし、背後から追いかけてきた声にピタリと足を止めた。

「いや、合ってますよ。桃山さんを呼び出したのは俺です」

「……え？」

顔だけ振り返ると、彼がにっこりと笑って言った。

「俺が深見です」

「！」

由貴は大きく目を瞠《みは》った。

「——あ、そうなんですか。すみません、同じ名前の方と勘違いをしていました。図書館をよく利用して下さる別の方にも深見さんという方がいらっしゃって……」

「その深見は、深見葉一でしょう？」

穏やかな声が食い気味に返ってきて、ますます驚く。

「ご存知なんですか？」

「深見葉一は弟なんですよ。俺は兄の恭介《きょうすけ》といいます」

「お兄さんでしたか！」

目を丸くすると、恭介は少々面食らったような顔をしてみせた。

「大きな目だね。……その目で、いつも思わせぶりに見つめているのかな？」

「え？　あの、すみません、よく聞き取れなくて。もう一度お願いします」

少し前のめりになると、恭介がくすりとおかしそうに笑った。「いや、何でもないよ。こっちの独り言」

にっこりと微笑まれて、由貴は思わず自分の頬《ほお》がぽっと火照《ほて》るのがわかった。

これほど整った顔立ちだと、男女問わず魅了してしまうのだなと半ば感心する。優しい笑顔も魅力的で、本当に王子様みたいだ。

「さっ、先ほどは失礼しました。僕は図書館司書の桃山といいます。深見くん——えっと、葉一くんにはいつも本当にお世話になっていて……」

「こちらこそ、お世話になったようで。一体、うちの弟はあんたに何の世話をしてもらっていたんだか」

急に口調が変化したような気がして、由貴は下げていた頭をゆっくりと持ち上げた。

「？　……あの、深見さん？」

思わず小首を傾《かし》げると、恭介はその王子面を盛大に顰《しか》めてみせる。

「その仕草もあざとい。弟よりも三つ年上だと聞いているから、そんな顔をしてもう二十三なんだろ。いい年をして、年寄りや学生に媚《こ》びて回って楽しいか？　あんたのせいで今こっちは大変なことになっているんだぞ！」

吐き捨てるように怒鳴られて、由貴はびくっと全身を硬直させた。

目の前で何が起こっているのか俄《にわか》に理解できなかった。

それまでにっこりと柔和な微笑みを湛《たた》えていた彼が、一瞬のうちに目を吊り上げて鬼のような形相に変化し、由貴を憎々しく睨《にら》みつけていたからだ。

あまりの豹変《ひょうへん》振りに言葉を失う。恭介の話の意味もさっぱりわけがわからなかった。

由貴はおろおろとしながら上目遣いに窺《うかが》った。

「……あ、あの、俺、よく、意味が……」

「しらばっくれるな！」

ぴしゃりと一蹴されて、咄嗟にぎゅっと目を閉じた。よく通る低い声は鼓膜を伝って腰にまで響いてくる。由貴はびくびくと縮こまりながら、いよいよ途方に暮れる。

どうして怒られているのか、状況がまったく理解できない。

一つ心当たりがあるとすれば、先ほど彼にブックトラックをぶつけてしまったことだ。静かな館内では遠慮して、改めて外に呼び出されたのだろうか。

うっとりと見惚れてしまうほどの美貌が、今はただただ怖かった。この完璧な顔で凄《すご》まれると普通の人と比べて迫力は何倍にも増して、まるで蛇に睨まれた蛙の気分になる。王子の皮を被《かぶ》ったメデューサだ。

石のようにカチンコチンに固まった由貴を睨み据えて、恭介がチッと舌打ちをした。

「素《す》っ呆《とぼ》けることができないように、一から説明してやろうか？」

低めた声で言いながら、長い足で一歩距離を詰めてくる。

「……っ」

「あんた、先週の日曜に葉一と【BLUE BEANS】のライブに行っただろ」

その言葉に、由貴はハッとした。

【BLUE BEANS】とは、今世界的に人気のある米国出身のポップ・アーティストグループだ。男性五人組の甘い歌声と美しいハーモニーは世界中のファンを魅了している。

今年初めて日本ツアーを行うことになり、その会場の一つが由貴たちの暮らす地方都市のコンサートホールだったのだ。まだ彼らがまったく売れていない頃にプライベートで来日した際、とても世話になった恩人に「いつか大物になって絶対に日本でライブをする」と約束したのだという。そして今回、彼らの強い希望により、本来なら海外アーティストは滅多《めった》にやってこない場所でのライブが決定したのだ。

由貴もその話を聞いて行きたいなと思っていたのだが、案の定、チケットは壮絶な争奪戦になった。県内外からの応募が殺到して、一時はインターネット回線がパンクする事態にまでなったらしい。しかし、そんな倍率百倍以上のレアチケットを、幸運にも手に入れた人物が近くにいたのだ。

それが葉一だった。ライブの一週間前に図書館にやって来た時の嬉しそうな彼の笑顔が蘇《よみがえ》る。

――由貴さん！　このライブ、由貴さんも行きたいって言ってたでしょ？　実はチケット

が手に入ったんですよ！　知人が抽選に当たったたんですけど、当日に急用ができたみたいで譲ってもらったんです。一緒に行きませんか！

「そうだよ、その【ＢＬＵＥ ＢＥＡＮＳ】のライブだ。あんたも行ったよな？」

恭介にドスのきいた声で問われて、由貴はおずおずと頷《うなず》いた。葉一に誘ってもらい、先週の日曜は午後から半休をとって喜んで出かけたのだ。

だが、それがどうしたというのだろう。

「葉一がそのチケットをどうやって手に入れたのか、知ってるよな？　あんただって共犯なんだから」

「きょ、共犯？」

物騒な言葉が飛び出して、由貴はぎょっとした。

「え、あのチケットは、深見くんが知人から譲ってもらったって……」

恭介がハンッと鼻を鳴らした。

「何を言ってるんだ？　しらじらしい。オークションだよ。あのチケットは葉一がオークションで競《せ》り落とした物だ。しかも、プレミアが付いて定価の十倍以上に跳ね上がっていた。金がないあいつはどうしたと思う？」

そんなふうに問われると、嫌な予感しかしなかった。

由貴の答えを待つ素振りもみせず、恭介が冷やかな声で続ける。

「実家の和菓子屋の売り上げ金に手をつけたんだ。金庫から勝手に持ち出してな。おかげで警察まで来る大騒動になった。あのバカが泣きながら白状したよ。恋人のあんたに頼まれたんだってな」

「――――！」

思わず耳を疑った。

しきりに瞬《まばた》きを繰り返す由貴を、恭介がしらけた目で見下ろしてくる。

「ショックを受けている両親に代わって、俺が一言言いにきたんだ。相手は図書館司書でしかも男だと言い出すし、一瞬何の冗談かと思った。ただでさえ弱っている親にこれ以上のダメージは与えられないし、まったくあのバカは男に貢《みつ》いで一体何を考えているんだか」

由貴は青褪めて、急いで首を左右に振った。

「ち、違います。俺は、そんなことは頼んでいません。それに、深見くんと、こっ、恋人とか、それは絶対にありえないです」

「ありえないだと？　だったらこの写真はどう言い訳するんだ」

恭介が自分の携帯電話を素早く操作して、由貴の目の前に突き出してみせた。画面には由貴と葉一のツーショット写真が映し出されている。覚えのあるものだ。コンサートホールの外で撮った一枚。あの時はまったく気づかなかったが、葉一が由貴の肩を抱き寄せている。仲良く頬を寄せるようにして、二人とも楽しくて仕方ないという笑顔だ。

改めて見ると少しくっつきすぎのような気がしないでもないが、当時は人の熱気にあてられて気分が高揚していたのだろう。男同士だって、場合によっては肩も組むし抱き合うこともある。たとえばスポーツ観戦の場面ではよく見かける光景ではないか。

何よりこの写真は、ただ記念に撮っただけで深い意味など何もないのだ。

それがどうして恋人などという言葉が出てくるのか、由貴こそ葉一に問いたかった。彼はなぜ恭介にそんなことを言ったのだろう。

とりあえず、今は恭介の誤解を解くのが先だ。最初から由貴のことを疑ってかかっている彼に、どう説明すればきちんと納得してもらえるだろうか。

必死に考えていると、恭介が蔑《さげす》むような眼差《まなざ》しを向けてきた。

「相手に気を持たせるだけ持たせておいて、用が済んだら自分は関係ないって逃げるのか？　あんた、さっきも図書館の利用者に家や食事に誘われてたよな。ふわふわと調子のいいことばかり言って思わせぶりな態度をとって、今度はあの人たちに何をねだるつもりだ？　弟にもあんなふうに何にも知らないフリをして、ニコニコと笑顔を振り撒《ま》いてたんだろ。そのくせ勘違いしたのはそっちの勝手だとでも言うつもりか？」

「え？　あ、あの、ちっ、違……っ」

「何が違うんだよ。弟を唆《そそのか》して金庫から売り上げ金を盗み出させておいて」

「そ、そんなことは、していません」

「葉一があんたに会いにこの図書館に通い詰めていたのは事実だ。あいつは明らかにあんたに好意を持っていた。あんたもそれを知っていていてあいつを利用したんだろうが」

「そんな……っ！　た、確かに、深見くんはよく図書館に来てくれていましたけど、でも俺はそんなつもりはまったくなくて……」

「その顔で無自覚にやってるなら、尚更タチが悪い！」

苛立《いらだ》ったように怒鳴られて、由貴はビクッと身を竦《すく》ませた。

もうどうしていいのかわからなかった。勘違いをしているのは彼の方なのに、こちらが何を言っても怒鳴り返される。聞く耳を持ってもらえない。ますます困惑して俯く。

「人の気持ちを弄《もてあそ》んで面白いか？」

凍りつくような冷たい声に、由貴はハッと顔を上げた。

「葉一もとんだ小悪魔に引っかかったもんだな。そんな可愛い顔して、本を借りにくる善良な市民を食いものにして楽しんでいるんだろ」

目の合った恭介が馬鹿にしたように嘲笑《あざわら》う。

「あんた、司書のフリした詐欺師だな」

「――――！」

心ない言葉の刃にざくっと胸を抉《えぐ》られた。

一瞬、頭が真っ白になり、貧血を起こす一歩手前のような軽い眩暈《めまい》に襲われる。

大きく見開いた目がふいに揺らいだ。熱の塊が急速に喉元《のどもと》まで迫《せ》り上がってきて、由貴は必死にそれをぐっと飲み下す。

瞬きをした瞬間に涙が溢《あふ》れてしまいそうで、どうにか目を抉《こ》じ開けることで耐えた。ここで泣いては駄目だ。唇を嚙《か》み締めてじっと目の前の男を睨みつける。

「……っ」

その時、初めて恭介がどこか怯《ひる》むような仕草をみせた。

戸惑いがちに端整な顔を歪めると、露骨に由貴から視線を逸らす。僅かに逡巡するような間を空けて、「とにかく」と早口に言った。

「もう二度とうちの弟に近づかないでくれ。もしまた同じようなことが起これば、こっちにも考えがある。それと――……あんたは少し、自分の言動を見直した方がいい」

最後に由貴を一瞥《いちべつ》して、恭介は足早に立ち去っていく。

茫然《ぼうぜん》と立ち尽くす由貴は、しばらくの間、その場から一歩も動くことができなかった。

——あんたは少し、自分の言動を見直した方がいい。

恭介の言葉がぐるぐると頭の中を回っている。

自分の何がいけなかったのだろう。恭介にそこまで言われなければいけない理由がよくわからず、気分は沈む一方だった。

由貴のコンプレックスは、もうすぐ二十四歳になるのにいまだ高校生と間違われるほどのベビーフェイスだ。

黒目がちの大きな目にニキビ知らずの色白の肌、小ぶりの鼻や耳に唇。ガリガリではないけれど細身の体形で、身長は百七十センチに届く手前で止まってしまった。

女の子にも羨《うらや》ましがられる小顔と生まれた時から色素の薄いふわふわのクセ毛のせいで、小学校から高校まで同級生からは散々この容姿を揶揄《やゆ》された。泣くほど嫌な目にも遭った。瞳が黒いのに髪の毛だけが茶色いのはおかしいだろうと、教師にまで疑われたこともある。

心境の変化が訪れたのは、大学に進学してからだ。もともとのんびりとした性格は同性よりも女の子の方と気が合って、誘われるままにスイーツ同好会に入ったら友達がたくさんできた。それまでは大嫌いだった自分の容姿を、彼女たちは「かわいいよね」と褒めてくれたのだ。自分のことを傷つけない人たちと一緒にいるのはとても居心地がよく、自然とよく笑うようになった。

——ユキくんの笑顔って癒やされるわあ。

そんなふうに言ってもらえて、少し自分に自信が持てるようになった。

図書館司書として働き始めてからは、常に笑顔を心がけるようにしている。

カウンターに座っていると「話しかけやすい」「いつも笑顔で親切に対応してくれる」と、利用者の方々に言ってもらえるのが嬉しかった。

話しかけられたら笑顔で応対するのが基本だし、地域の人たちから親しみを持ってもらえるのは嬉しいことだ。困っている人の要望に応えて「ありがとう」と笑顔で喜んでもらえたり、自分がすすめた本を「とても面白かった」と満面の笑みで言ってもらえたりしたら、それだけで司書をしていてよかったと思う。それがこの仕事のやりがいだ。図書館を訪れる人たちとの会話は、たとえ本とは関係ないものであっても大切だし、そこから笑顔に繋がっていくのだと由貴は思っている。

そういう一つ一つの言葉や仕草を、『思わせぶりな態度』だと蔑《さげす》まれるのは悲しかった。

葉一に対しても、もちろん恭介の言うような下心など由貴にはまったくなかったのだ。チケットの事に関しては本当に初耳で、まさか裏にそんな経緯があって手に入れたものだとは想像もしていなかった。由貴が葉一を唆すようなことをするわけがない。

なぜ葉一はそんな嘘をついたのだろうか。

それに、最初から由貴が悪いと決め付けていた恭介の態度も、納得がいかない。

とはいえ、葉一が実家から大金を持ち出し、それをつぎ込んで手に入れたチケットで由貴も一緒にライブを楽しんだことは紛れもない事実だ。恭介が話した通り、彼らの実家では両親を巻き込んで大騒ぎだったことだろう。想像すると、さすがに罪悪感がひしひしと込み上げてくる。

午後の仕事中ずっと、恭介のあの冷たい美貌と罵声が頭から離れなかった。

王子様みたいにキラキラとした男が、一瞬で鬼のように豹変する姿を思い出して、反射的にぶるりと身震いする。

「怖い人だったな……」

兄弟といっても、人懐こい葉一とは全然似ていない。

そういえば、葉一はどうしているのだろうか。今後彼が図書館に顔を出さなければ、由貴と会うことはなく、そうすれば恭介がここに現れることもない。葉一とはできればもう一度会って詳しく話を聞きたいとも思うが、恭介にはもう二度と会いたくなかった。あんなふうに人の話も聞かず一方的に口悪く怒鳴り散らす相手は、由貴が一番苦手とするタイプだ。

落ち込みながら図書の整理をしていると、ふいに「桃山くん」と誰かに呼ばれた。

「あ、西内《にしうち》さん。こんにちは」

振り返ると、スーツ姿の男性が立っていた。

今年三十五歳になる会社員だ。浮ついた雰囲気のない眼鏡をかけた真面目《まじめ》な印象の彼は、週に二、三回の割合で仕事終わりに図書館へ寄る。職場への往復に建物の前の遊歩道を通るのだそうだ。

午後六時までだった開館時間が、改修工事後は七時までに延長された。それによって仕事帰りに立ち寄ってくれるサラリーマンやＯＬの利用者も増えたのだ。

西内もその一人だ。以前は貸し出しカードを持っていなかったらしい。

彼がここに現れたということは、もう六時半を回っているということだ。最後に時計を見た時は五時だったので、時間が経《た》つのが早くてびっくりする。

「今、お帰りですか？　お仕事お疲れ様です、おかえりなさい」

由貴は笑顔で応対する。気持ちが塞《ふさ》ぐことがあっても、ここは職場だ。表に出してはいけない。

西内がはにかむように笑った。

「うん。桃山くんもお疲れ様。今日はまた何かおもしろい本がないかなと思ってね。読書の秋だから、いろいろと読んでみようと思って。この前、桃山くんがすすめてくれた本、すごくおもしろかったよ。あの作家さんは読みやすかったから、他にもおすすめがあるかな」

「気に入ってもらえましたか！」

ふわっと気分が一気に浮上した。

「えっとですね、あの作家さんは確か三年くらい前にミステリー大賞をとってデビューされたんですよ。前回おすすめしたのはそのデビュー作だったんですけど、二作目もちょっとまた違った雰囲気のお話でおもしろかったですよ。ちょうど今日、返却されたばかりなので棚にあるはずです。予約は入ってなかったから……」

由貫が棚に戻したので間違いない。あれから誰も手にとっていないのなら同じ場所にあるはずだ。「ちょっと待っていてくださいね」と言い残して、由貫は急いで日本作家の『か行』の書架を探した。目当ての本はすぐに見つかった。

「西内さん、ありましたよ。これです」

手渡すと、わざわざ由貫の後からついてきた西内が「ありがとう」と嬉しそうに言った。

「そうだ、桃山くん。ここは七時までだよね？　その後は予定がある？　もしよかったら、一緒に食事でもどうかな」

「食事ですか？」

いいですねと、ついいつもの調子で続けそうになった由貫は、寸前で思い留まった。

――ふわふわと調子のいいことばかり言って思わせぶりな態度をとって……。

恭介の言葉が蘇る。

「あの……すみません。今日は、この後に予定が入っていて」

西内が一瞬面食らったような顔をしてみせた。苦笑いを浮かべながら頭を掻《か》く。

「そ、そうか。うん、わかった。気にしないで。桃山くんは一人暮らしだから、一人でゴハンを食べるのが苦手だって言ってたし、俺も独り身だからちょうどいいなと思ったんだ。また、誘うよ」

「あっ、……はい。すみません」

せっかく誘ってくれた彼に悪い事をしてしまった。由貴は悄然《しょうぜん》とする。

何も知らない西内が気を遣うように由貴の肩を軽く叩いて笑いかけてきた。

「これ、借りてもいいかな？」

「はい、もちろんです。それじゃ、手続きをしますのでカウンターへお願いします」

由貴はハッと我に返り、急いで彼を案内した。


午後七時に図書館は閉館し、由貴は雑用を済ませてから帰路に就いた。

今日は何も予定がない。

暗いアパートの部屋に戻り、一人でコンビニメシを食べる自分の姿を想像してため息が零《こぼ》れる。こんなことなら西内の誘いを受けておけばよかったな——と考えた途端、脳裏に目を吊り上げた鬼王子の顔が蘇って、由貴はブルッと身震いした。

『ふわふわと調子のいいことばかり言いやがって』と、口悪く罵る声まで聞こえた気がして、思わずキョロキョロと辺りを見回してしまう。

確かに、由貴は一人で食事をするのが苦手だ。他のことは一人でもまあ大丈夫なのだが、食事だけは誰かと一緒の方が楽しいし、美味《おい》しく食べられる気がして、大学の頃からずっと周囲にもそう言い続けてきた。中学高校時代に一人で食べることが多かった反動かもしれない。

誰かに誘われれば基本的には断らないと決めている。外食はもちろん、家に招かれたら喜んで伺うし、本当に食事だけが目的なので、女の子たちも気軽に由貴を呼んでくれた。社会人になると、地域の人たちとの交流が増えて、よく声をかけてもらうようになった。誘われると嬉しいし、仕事がらみの接待ではないので深く考えることもなく、いつも二つ返事で受けていたのだ。しかし、そういう面が恭介には不信感を与えてしまったらしい。

「……思わせぶりって、どういう意味だろう？」

とぼとぼと歩きながら、由貴は独りごちた。

ただ食事の誘いを受けるだけで、相手が由貴に何を期待するというのだろうか。外食をしたら会計はきちんと割り勘にするし、たまに奢《おご》ってもらうことがあっても、最初からそのつもりで出かけるわけではない。世間一般の社会人なら食事ぐらいの付き合いは普通のことだろう。恭介に怒られるほどのことを自分がしているとは思えなかった。

その時、ふと大学時代の懐かしい記憶が脳裏を掠《かす》めた。

当時所属していたスイーツ同好会。メンバーの八割は女子だったが、由貴以外にも自ら入会したスイーツ好きの男子がいたのだ。その中には学部の違う同期の男子もいて、彼とはそれなりに仲がよく、互いの下宿先を行き来することもあった。その彼に、何の拍子だったか由貴は言われたのだ。——何ていうかさ、お前ちょっと八方美人なところがあるよな。

一つを思い出すと、芋づる式に当時のことが蘇ってきた。

他の男子メンバーや女子の一部にも、似たようなことを言われた覚えがある。

『みんな大好きか。ユキくんは、案外博愛主義者なんだね』

『みんなが楽しんでくれたらそれでいいって、何か偽善者っぽくないですか？』

『ニコニコ懐いてくるからてっきりソッチかと思った。タチが悪いなあ、ホント小悪魔！』

飲み会の席でみんながみんな冗談のように軽口を叩いていたから、あの頃はたいして気にもしなかった。すぐに笑いで掻き消されてしまうような、そんな明るい雰囲気の中でポロッと言われただけで、由貴も笑って流したはずだ。別にそれを理由に責められるようなことはなかったし、その後も彼らとは付き合いを続けていた。おそらく言った本人たちも覚えていないだろう。何より由貴自身が、今の今まですっかり忘れていた。

だが今になって考えると、当時の彼らも、今日の恭介のように何かしら由貴の態度に不満があってあんなことを口走ったのかもしれない。

「……思わせぶり、か」

改めて考えてみる。

まったく心当たりがなかったが、無意識のうちに葉一を勘違いさせるような言動を取っていたのかもしれなかった。『恋人』という言葉が彼の口から出てきたということは、葉一は由貴に対してそういう感情を抱いていたのだろうか。はっきりと何かを言われたわけではないし、本当に全然気がつかなかった。

――その顔で無自覚にやってるなら、尚更タチが悪い！

恭介の怒鳴り声が蘇り、由貴は夜道に数え切れないほどのため息を零した。下ばかり向いているので益々気分が滅入《めい》る。

こういう時ほど誰かと一緒にいたいものだ。一人になりたくない。かといってすぐに呼び出せる友人もいない。

何となく足が普段とは違う道を選び、わざと遠回りをしてしまう。

住宅街を歩いていると、周辺の民家から夕餉《ゆうげ》の匂いが漂ってくる。どこからか子どもの声も聞こえてきた。明かりの灯《とも》った家々を羨みながら、いいなと思う。

理不尽に怒鳴られたショックで食欲が湧《わ》かないくらい繊細だったらよかったのだが、生憎《あいにく》由貴の腹は先ほどから空腹を知らせる虫が鳴き続けていた。

「そういえば、お昼はおにぎりを一個食べただけだったな……」

仕方ない、と腹をさする。ふらふらと歩き続けたところでおなかが減るだけだし、今日はもうコンビニに寄って帰ろう。

大通りへ繋がる抜け道がないかとキョロキョロした時だった。ふとそれが目に留まった。素通りしてしまいそうな薄暗い路地の奥に、建物らしきものが見えたのだ。

この道はどこにつながっているのだろうか。まあ、行き止まりなら引き返せばいいか。由貴は半ば本能でふらりと足を向けた。車が通り抜けできないような細い路地に入る。

一瞬、民家かと思った。しかしよく見ると、大きめの表札に見えたそれはシンプルな白い看板で、ほのかなオレンジ色の電飾がぼんやりと照らしている。

【ビストロ・Mou《ムー》】

よほど注意深く見ていないと、周囲の民家の外灯と混じって見過ごしてしまいそうなくらいわかりにくかった。

「こんなところにお店があったんだ」

驚いた。

ただでさえ路地裏の目立たない場所なのに、建物自体が更に往来から少し奥まったところにあって、塀には蔦《つた》が生い茂っている。何も知らなければちょっと洒落《しゃれ》た洋風のお宅だなと思っているうちに通り過ぎてしまうかもしれない。

由貴は物珍しさに思わず足を止めた。

この住宅街を歩いたのは初めてだが、図書館からそれほど離れた場所ではない。新しい店がオープンしたら職場で誰かが話題にしそうなものだったけれど、聞いたことがなかった。

他の同僚より先に自分がこの店を見つけてしまったようだ。

せっかく発見したのだから、中を覗いてみたい。足を踏み入れたいのはやまやまだが、由貴はカフェやレストランに一人で入ることが大の苦手だった。

外食は誰かと一緒でなければ諦《あきら》める。だがいろいろとあって落ち込んでいる今日くらいは、美味しいものを腹いっぱいに食べて満たされたい。そんな欲求にも駆られてしまう。

どうしようと思っている間にも腹がぐうっと鳴った。

店のドアを開ける瞬間が一番苦手で緊張する。誰か客がやって来ないだろうか。そうすればどさくさに紛れて一緒にくっついて入るのに。

しかし真っ暗な往来に人の気配はなく、由貴は店先を行ったり来たりうろうろしていたその時だった。ふいに店の内側からドアが開いた。

思わずビクッと振り返る。中から顔を出したのはエプロンを着けた若い男の店員だった。

目が合い、軽く会釈をされた。

「いらっしゃいませ。よろしければ、中へどうぞ」

「……え？」

店員がドアを大きく開けて、由貴を待っている。

「どうぞ」

「——あ、はっ、はい」

ここまでされては断るわけにもいかない。由貴は小走りに急いだ。

おずおずと足を踏み入れると、「こちらへどうぞ」と、店員に案内される。由貴はキョロキョロしながら彼のあとをついていく。

通されたのは一番奥のテーブル席だった。

といっても、小さな店で客が二十人も入れば満杯になるようなフロア面積だ。由貴以外にはスーツ姿の二人連れの男性客と年輩の男女客がいるだけで、思ったよりも空いている。もっと若い客で賑《にぎ》わっている店内を想像していたので、少し拍子抜けした。

落ち着いた雰囲気の中で談笑しながら食事をする客の顔ぶれをちらちらと眺めながら、ここは大人の店なのかなと思う。急に懐具合が心配になってきた。財布に金は入っていただろうか。高いコース料理ばかりだったらどうしよう。

「失礼します。メニューをどうぞ」

そわそわしていると、すっと横からメニューを差し出された。

「あ、すみません」

咄嗟に頭を下げると、若い店員が小さく微笑む。同い年くらいだろうか。淡々とした口調は少し素っ気なかったが、嫌な感じはしなかった。黒い髪と瞳が印象的で、しゅっとした見た目はどこか黒猫に似ている。しゃんと背筋を伸ばして去っていく後ろ姿がかっこいい。

由貴はドキドキしながらメニューを捲った。

そこに記載してある金額はとても良心的なもので、心の底からほっとする。料理もおいしそうだ。

何を食べようかとしばらく悩む。一人で店に入るのが苦手な理由の一つに、いつどうやって店員を呼んで注文をすればいいのかわからないというのがある。この店では、由貴がメニューから顔を上げた正にその絶妙なタイミングで店員がやって来た。

緊張しながら注文をして、そわそわと待っていると、先にグラスワインが置かれた。間もなくしてスープとバゲットが運ばれてくる。

黄金色のオニオンスープ。

スプーンで一口掬《すく》って飲むと、とろとろの甘いタマネギが口いっぱいに広がった。コンソメベースかと思えば、くどくない和風の味付けだ。ぴりっと生姜《しょうが》がきいている。体が温まって心が和《なご》む。ほっとする優しい味だった。

とても美味しい。美味しすぎて、ふいに胸がぎゅっと詰まる。

「……っ」

なぜだか唐突に熱いものが喉元まで込み上げてきた。湯気が目に沁みて涙腺が弛《ゆる》む。優しくてほっこりする味に胸がいっぱいになる。

——あんた、司書のフリした詐欺師だな。

今一番思い出したくない人物の言葉がまざまざと蘇った。

視界が滲《にじ》み、スープ皿にぱたぱたと水滴が零れ落ちる。黄金色の表面に小さな波紋がいくつも広がる。——悔しかったのだと、今更のように気づいた。ただショックを受けて落ち込んでいたのではない。自分なりに誇りを持って仕事をしていただけに、初対面の相手からあんなふうに罵られて、物凄く悔しかったのだ。

でも何も言い返せなかった。せめて恭介の前では絶対に泣き顔を見せないように、必死に堪えるだけで精いっぱいだった。そんな情けない自分がまた悔しい。

「お客様？」

声がして、由貴はハッと現実に引き戻された。

顔を上げると店員が心配そうにこちらを見ていた。

「どうかされましたか？」

「いっ、いえ！　な、何でも、ないんです」

自分が泣いていることを思い出して、慌てて手の甲で涙を拭《ぬぐ》う。恥ずかしくてカアッと頬が熱くなるのがわかった。

気を利かせた店員が新しい紙ナプキンを黙って差し出してくれる。「すみません、すみません」と恐縮しながら、急いで濡《ぬ》れた目元を拭《ふ》いた。

「本当に、何でもないんです。このスープが……想像以上に美味しくて、すごく優しい味に感動してしまいました。ご心配をおかけして、すみません。これを作ったシェフは、きっととっても優しい方なんでしょうね」

「……料理の腕はいいと思いますけど」

「そ、そうですよね。こんなに美味しいものを作られるんですもんね」

どさくさに紛れてスンと洟《はな》を啜《すす》り、由貴はまだ半分以上残っているグラスワインを一気に呷《あお》った。

「あ、あの、同じものをもう一杯お願いします」

「……はい、かしこまりました」

注文した料理はどれも美味しく、作り手の優しさが全身にまで沁《し》み渡るような幸せな味だった——気がする。

二杯目のグラスワインに口をつけた辺りから、急激に酔いが回り始めた。

「お客様？　大丈夫ですか」

店員の声がわんわんと響いて聞こえる。

「どうした？」

「シェフ、こちらのお客様が……」

シェフ？　由貴は半分閉じた目で見上げた。由貴を取り囲むようにして男が二人立っている。一人は店員だ。もう片方の背の高い男がシェフだろう。視点が定まらず二重になって見えたが、きっと料理と同じで優しい顔をしているに違いない。

「シェフ……ごちそうさまでした……とっても、おいしかったです……」

正面に立ったシェフがテーブルの両端を摑《つか》んで前のめりに長身をかがめた。ぬっと由貴の顔を覗き込んでくる。

由貴も顔を突き出した。目がしぱしぱする。

「……あれ、おかしいな？　シェフの顔が鬼王子とダブって見える。あ、鬼王子っていうのはれすね……今日、うちの職場に来た怖い人でぇ……顔は王子様みたいなのにー、急に鬼のように目を吊り上げて怒鳴り散らすんですよぉ……勝手なことばっかり言って、勘違いしてるのはむこうにゃのに……俺のことを司書のフリした詐欺師だっていうんれすよ、ひどいでしょ？　自分の方が詐欺のくせにー、あんな顔して中身は鬼のように怖い男なんれすよ……ねー、シェフ……シェフのゴハンおいしかったあ……ダブるって言ってごめんなしゃい……あんな、顔だけはいい鬼キョースケとは、ぜんぜんちがいましゅよねぇ……」

ブハッと誰かの笑い声が聞こえた。

首を捻《ひね》ろうとしたが、もう限界だ。そこで由貴の意識は暗転した。

「――！」

ハッと目を開けると、すでに辺りは明るかった。

もう朝か――……上掛けを引き上げて、もぞもぞと頭まで潜り込む。まだアラームは鳴っていない。もう少しだけうとうとしていても大丈夫だろう。身じろぎをしながら、そこでふと違和感を覚えた。

何だろう、この布団？　いつもと肌触りが違う気がする。それに背中がやけに沈む。煎餅布団の下は畳のはずなのに。ああでも、ふかふかして気持ちいい。

そういえば、昨日はいつ家に戻ったのだろうか。まったく記憶がない。近所に新しいビストロを見つけて、そこで食事をしたのは覚えている。美味しい料理を食べてワインを飲み、大方いい気分で夜道をふらふらと歩いて帰ったのだろう――。

目を瞑《つぶ》ったまま寝返りを打った途端、トンと何かにぶつかった。

「……？」

何だろうか。半分眠りながらぺたぺたと手探りで確かめる。この滑《なめ》らかなすべすべした手触り――壁ではない。心地よい温かさのそれに本能で擦り寄り、思わず頬をくっつける。何だかよくわからないが、あったかくて気持ちいい……。

「起きたのか？」

突然、バッと上掛けが剝《は》がされた。

急に顔面を明るい光に照らされて、由貴はぐずるように眩《まぶ》しさから顔を背ける。誰だよ、勝手に布団を捲るのは——そう心の中で毒づいた瞬間、それがありえないことだと気がついた。一人暮らしの部屋に由貴以外の人間がいるはずがない。

一気に目が覚めた。

「……！　……え？」

真っ先に目に入ったのは天井だ。——違う。全然違う。由貴がいつも見ているシミの浮いた木造の天井ではない。真っ白だ。

飛び起きようとして、布団に突いた手がギシッと軋《きし》んだ音を立てて僅《わず》かに沈む。——これも違う！　何でベッド!?　煎餅布団がいつの間にかふかふかベッドに変わっていてぎょっとする。

一体、何が起きているんだ——？

「おい、百面相は終わったか？」

「——！」

反射的に首を捻って、由貴は卒倒しそうになった。

すぐ隣に裸の男が寝ていたからだ。片肘を突いて頭を支えながら、じっとこちらを見つめている。

「ひっ、うわああっ！」

半ばパニックになり、由貴は咄嗟に大声を上げた。その瞬間、頭をガンガンと鈍器で殴られたかのような痛みに襲われる。

「！　いっ――うぅっ」

頭を抱えてベッドに倒れ込むと、頭上から呆《あき》れたようなため息が降ってきた。

「飲みすぎだ。お前、酒弱いだろ。一杯でやめときゃいいのに、二杯も飲むからだよ。まったく、いい年して自分の酒量ぐらい弁《わきま》えろ。外見も中身もふわふわしてるヤツだな」

シーツに顔を埋めた由貴は、その腰に響く低音にぎくりとした。

この嫌になるほど聞き覚えのある口の悪さ――！

さあっと青褪めるのが自分でもわかった。まさかと思いながら、恐る恐る顔を上げる。眇《すが》めた目で見下ろしてくる王子様面と目が合った。

――深見恭介だ！

「ひっ」

非常事態を察知した由貴は、半ば反射的にベッドの上を転がって急いで天敵との距離を取った。むっとする匂いが鼻先を掠めて、思わず嘔吐しそうになる。ズキズキする頭を押さえながら端っこで身を竦ませた。

「あ、あああの、ななな何でここにお兄さんが……？」

恭介が髪を掻き上げて、「あ？」と不機嫌そうに言った。

「それはここが俺んちだからだろ」

「……え？」

「ちなみに、昨日お前が酔っ払った場所は俺の店だ。ぐうすか寝てしまったお前をここまで負ぶって帰るのは大変だったんだぞ」

「……み、店？」

由貴は動揺しながら懸命に記憶を手繰《たぐ》り寄せる。その時、ギシッとベッドが軋んだ。なぜか恭介が手を突き、伸び上がるようにして上体を近づけてくる。由貴はぎょっとして固まった。目の前に迫った美貌は寝起きの無防備さが加わって、男でも赤面するほどの色香を垂れ流している。

至近距離で見つめ合うのがいたたまれず、咄嗟にシーツに顔を逃がす。

ふっと笑う気配がしたのは次の瞬間だった。

「……悪かったなあ、優しいシェフじゃなくて。何だったっけ？　鬼王子？　お前がおいしいおいしいと言って食べていた料理を作ったのは、実はその鬼なんだ。これも詐欺か？」

「――!?」

驚きに顔を撥ね上げようとして、また頭にぐあんと鈍痛が走る。声にならない悲鳴を上げて仰《の》け反った途端、ベッドの端に突いたはずの手がずるっと滑って体が宙に投げ出された。

「おい、バカ！」

ぐっと腕が掴まれた。強い力で引き上げられた反動で、由貴の顔面は弾力のある胸板にむぎゅっと押し付けられる。

「何やってるんだ。頭から落ちるところだったぞ。それ以上、ゆるくなってどうするんだ」

裸の男の胸板から他人の体温や心拍がリアルに伝わってきて、咄嗟に腕を突っ張った。

「す、すみません、すみません。……あ、あの、なな何で服を着てないんですか……？」

「は？　お前が着てるからだろうが」

言われて見下ろすと、由貴が身につけているのは見たことのない紺色のパジャマだ。

「あっ、ズボンをはいてない」

「上だけで十分だろ。お前、ミニサイズだから穿《は》かせても丈が余るだろうが。面倒だからやめた」

そう言ってあくびをする恭介の下肢は、紺色のパジャマのズボンを穿いている。

「……お、お兄さんが、着替えさせてくれたんですか？」

「自分で着替えた記憶があるのか？」

一瞬考えて、首を左右に振った。「……ないです」

「だろうな。店で散々俺の愚痴を言ったことは？　負ぶってやったのに、途中でいきなり起きて俺の背中で暴れたことは？　部屋に着いた途端、勝手に服を脱ぎ始めたことは？　パンツまで脱ごうとするから止めてやったら、シャーッて俺の顔を引っ掻いてきたのは？」

これ見よがしに擦《さす》ってみせる彼の美しい頬には、よく見ると真新しい引っ掻き傷が残っている。

どっと冷や汗が噴き出した。由貴は必死に思い出そうとするが、食事の中盤あたりから記憶が途切れている。まさか、酔っ払った自分がそんな恐ろしいことをしたなんて……！

おろおろする由貴を恭介が眇めた目で見てきた。

「もしかしてお前、酒に弱いくせにふらふら酔っ払って、いつも誰かにお持ち帰りされてるんじゃないだろうな？」

「――ちっ、違いますよ！」

慌ててかぶりを振った。

「普段は、人前ではお酒は控えるようにしているんです。自分があまり飲める方じゃないってわかってるんで。迷惑をかけたらいけないし。でも、昨日は一人だったたし、それに嫌なことがあったから少しぐらいお酒を飲みたい気分で……」

「鬼王子に怒鳴られたし？」

「はい……ああっ、いえっ、ち、違うんです！　すみません、ごめんなさい」

恭介に睨み据えられてビクッと背筋を伸ばした由貴は、ベッドの上で正座をする。すぐに謝ってしまうのは、もう条件反射のようなものだった。恭介を前にするとまた怒鳴られるのではないかとビクビクしてしまう。たった一度会っただけなのに、トラウマになってしまっ

ていた。

両膝《ひざ》を摑んで小さくなっていると、恭介がガラにもなく困ったように嘆息した。

「……悪い。つい面白くて揶揄《からか》ってしまったが、謝らなきゃいけないのは俺の方だった」

「え？」

「とりあえず、まだ早いからシャワーでも浴びてこい。今日も仕事じゃないのか。二日酔いはどうだ？　吐きそうなくらい気持ちが悪いか？」

「……いえ、大丈夫です。ちょっと頭が痛いくらいで、気分は悪くないですから。頭痛も大分おさまってきました」

「じゃあ、とっとと洗ってこい。最後の方はワイングラスの中に前髪を浸しながら飲んでたから、顔中が酒臭いぞ。どうやったらあんな飲み方ができるんだか、感心するよなあ」

「えっ⁉」

どうりで、何だか変な匂いがすると思っていたのだ。まさか自分の顔が悪臭の原因だったとは。急いで前髪を引っ張ってみたが、鼻まで届かず断念する。だが髪を触った手を鼻先に近づけると、プンと匂った。言われてみればワインの香りだ。それに混じって、肉の脂のような匂いもする。

「す、すみません！　お兄さんのベッドが臭くなってしまったんじゃ……」

「それはいいから、さっぱりしてこい。さっきから思ってたんだが、お前の頭、爆発したみたいになってるぞ」

「――！」

慌てて頭に手をやると、恭介がプッとおかしそうに小さく吹き出した。

熱いシャワーを浴びながら、こんがらかっていた頭の中身を大分整理することができた。

現状を把握して、脱衣所に置いてあったTシャツと短パンを身につける。どっちもサイズが大きすぎて、短パンはずり落ちそうだったが、ウエスト部分を折り返してどうにか腰に留めた。

洗った髪をドライヤーで乾かし、鏡の前で急いで整える。

毛質が柔らかいので、ドライヤーの熱風で水分を飛ばすとすぐに空気を孕《はら》んでふわふわしてしまう。恭介の黒々とした男らしいショートヘアを思い浮かべて、少し羨ましかった。

もう諦めたが、かつて由貴がこうなりたいと憧れていた理想の大人の男性像に、悔しいかな恭介の外見はぴったりと当てはまっていた。顔は言わずもがな、高い身長も、服の上からは細身に見えて実は筋肉質な体形も。社会人になっても学生と間違えられる自分の手に入らなかったものが、彼には揃《そろ》っている。

あとは口を開かなければ完璧なのにと、図書館で最初に顔を合わせた時の物腰柔らかな彼を思い出して残念に思った。世の中、上手《うま》くいかないものだ。

だが、店で酔っ払った由貴を介抱してくれたのも恭介で、口は悪いが言うほど人は悪くないのかもしれない。

先ほど目にした笑い顔が脳裏に蘇り、あんなふうにも笑えるんだなと意外に思う。凍りつくほどの冷たい表情や鬼のように怖い顔ばかりが印象に残っていたので、ついつい身構えてしまう由貴はふいうちを食らった気分だった。

そういえば、恭介が謝らなければいけないと言っていたが、あれはどういう意味だろう。

「あの、お風呂上がりました。ありがとうございました」

リビングに戻ると、いい匂いが漂ってきた。

「おう。そこに座れ」

キッチンに立っていた恭介が振り返り、目線でダイニングテーブルを指し示した。

ランチョンマットが敷いてあり、その上に真っ白な皿が置いてある。テーブルには焼きたてのパンをのせた皿とジャムにバター、調味料。

おずおずと椅子に腰掛けて、キョロキョロと落ち着きなく待っていると、恭介がスープ皿を持って現れた。

「トマトスープだ。二日酔いの胃にはトマトがいい」

由貴は思わず赤いスープと恭介の顔を見比べる。

「これ、お兄さんが作ったんですか」

「他に誰が作るんだよ。お前の目には料理好きな妖精サンでも見えているのか？」

恭介が呆れ返った口調で言う。

「あと、そのお兄さんってのやめろ。俺はお前の兄じゃねえよ」

「あ、すみません。えっと、深見さん」

「葉一も深見だろ？」

恭介の口から葉一の名前が飛び出して、由貴は一瞬身構えてしまう。

「……あ、えっと、弟さんの方は深見くんと呼んでいたんで」

「ややこしい。恭介でいい」

くるりと踵を返した恭介が、今度はハムエッグの皿を持って戻ってくる。あっという間にテーブルの上が豪華な朝食で彩られた。

美味しそうな食卓を眺めて、思わず涎《よだれ》が垂れそうになる。

「これくらい食べられるだろ？　お前、昨日は一人で結構な量を注文してたよな。全部綺麗に平らげてたし」

「はい。見た目に寄らず大食いだってよく言われます。特に昨日の料理は本当においしかったので……」

そこでハッと気がついた。

「あの俺、酔っ払って寝ちゃったってことは、昨日の食事代を払ってないですよね？　すみません、ちゃんと払いますから」

「いや、いい」

なぜか恭介がきっぱりと断る。

「え、でも……」

「昨日のあれは俺の奢りだ。お詫びも兼ねてるから気にするな」

「お詫び？」

繰り返すと、恭介がバツの悪そうな顔をしてみせた。

「とりあえず、食いながら話そう。パンは好きなだけ食べてくれ。ジャムは三種類あるから。こっちから、ブルーベリー、マーマレード、リンゴ。この前、大量にリンゴを貰《もら》ったからジャムにしてみたんだ」

「ジャムもお兄……恭介さんの手作りなんですか」

「まあな。これも仕事のうちだからな」

恭介がトーストを手に取り、バターとリンゴのジャムを塗る。由貴も真似《まね》てトーストにバターとリンゴのジャムをたっぷりと塗りたくった。

サクッと香ばしいトーストに、甘さ控えめの上品なリンゴジャムとバターのほのかな塩気が絶妙に絡み合う。

「おいしいです！」

「そうか。そりゃよかった」

トマトスープを一口飲んだ瞬間、さっぱりとしたまろやかな酸味がじんわりと細胞にまで沁み渡っていく。二日酔いの体を気遣った優しい味が記憶を呼び起こし、本当に昨日の料理を作ったシェフが恭介なのだと改めて認識した。

夢中になって空っぽの胃に詰め込んでいると、恭介が唐突に言った。

「昨日は、悪かったな」

「え？」

由貴は思わず手を止めて顔を上げる。対面の恭介が神妙な表情でこちらを見ていた。

「実は図書館であんたと話した後、葉一から電話がかかってきたんだ。全部自分が一人で突っ走ってやったことで、あんたは何にも知らない、一切関係ないってな。俺に問い詰められて、咄嗟に嘘をついたんだと謝ってきた」

そこでいきなり恭介は由貴にむかって頭を下げた。

「弟の話を鵜《う》呑《の》みにして、あんたの言い分を何も聞かずに一方的に酷《ひど》い言葉で怒鳴りつけたりして申し訳なかった。謝らせてくれ、すまなかった」

一瞬ぽかんとした由貴は大いに面食らった。

「――え？　きょ、恭介さん？　えっと、あの、大丈夫ですから、頭を上げてください」

焦っておろおろすると、恭介がゆっくりと面を上げる。

「本当に悪かった。昨日うちのスタッフから、あんたが泣きながらスープを飲んでいたと聞いて、物凄い罪悪感があったんだ。弟の電話を受けた後、早いうちに謝りに行くつもりでいたんだが、まさかあんたの方からうちの店に来てくれるとは思わなかった」

「えっと、偶然、あのお店を見つけて。普段は通らない道なんですけど、たまたま……」

改めて考えると妙な縁だ。恭介が原因で家に帰りたくなくて遠回りしたはずが、どういうわけか辿《たど》り着いたのは彼が経営するレストランだった。それだけでもびっくりするのに、今もなぜか一緒に向かい合って食事をしているのだから、偶然とは恐ろしい。

恭介が少し頬を弛めて「そうか、偶然か」と言った。

「食事が終わるのを見計らってきちんと謝るつもりだったんだが、あんたは酔っ払って寝てしまうし、きちんと事情を説明したくて昨日はうちに連れて帰ったんだ」

由貴は自分の頬がカアッと熱くなるのがわかった。失態を恥じて、慌てて謝る。

「こちらこそ、ご迷惑をおかけしてすみませんでした。恭介さんのお顔にも、傷が……」

「ああ、これな。別にどうってことない。昔はしょっちゅう付けられていたから」

本当にどうでもいいような口ぶりで軽く流してしまう。こちらもわざと聞き流す素振《そぶ》りをしながら、内心で随分な色男のセリフだと思った。綺麗な顔にすっと赤い線を引いたような痕《あと》が痛々しくて、由貴にはいたたまれない。しかし、自分以外にもこの美貌を傷つけた女性が何人もいたらしいことを知ると、少しばかり彼のプライベートに興味が湧く。

更に、昨日の高圧的な彼と本当に同一人物かと疑うほど、真摯《しんし》な態度にも驚かされた。

口は悪いが、心の真っ直ぐな人なのではないかなと、由貴は考える。

こんな優しい味のスープを作る人だ。それに恭介は由貴の二日酔いの胃を心配してくれた。このトマトスープの中には、食べる相手の体調を気遣う優しさが溶け込んでいる。

恭介がハムエッグをつつきながら言った。

「俺は三人兄弟の長男で、葉一は一番下の弟なんだ。年が離れているし、あいつはまだ学生だから、つい余計な世話を焼いてしまう」

彼の実家は小さな和菓子屋を営んでおり、両親共に働いていたので弟たちの面倒はずっと恭介が見ていたそうだ。特に今年二十九歳の恭介と末っ子の葉一とでは九つも年が離れており、生まれた当時はオムツも取り替えたという。

そんなかわいがっていた弟が、まさか実家の金庫から金を盗むような真似をするとは想像もしていなかったのだ。しかも、男の恋人に唆されたと聞いては恭介も黙ってはいられなかったらしい。

「あの、昨日も言いましたけど、俺と葉一くんはそういう関係ではありませんから。心配しなくても大丈夫です」

由貴は念のために再度伝えた。

葉一と知り合ったのは、去年の冬だ。大学の課題のレポートを書くために、資料探しで図書館を訪れていたのだ。その時に応対したのが由貴だった。一緒に資料探しを手伝ったのですごく感謝された記憶がある。それをきっかけに、葉一は度々図書館に顔を出すようになった。おすすめの図書を訊ねてくれるのは嬉しかったし、年も近く人懐こい彼と話すのは、由貴自身も単純に楽しかったのだ。そのやりとりを、葉一がどんなふうに思っていたのかは、恭介から聞いて初めて知ったのだった。

「ああ、わかっている」と、恭介は頷いた。

「葉一が一方的にあんたに特別な感情を持っていたらしい」

「俺はその、一応……女の人が好きなので」

正確には、たぶんそうだろうという希望的観測だ。由貴は恥ずかしながらこの年で交際経験がまったくない。だが、少なくともこれまで男性に対して恋愛感情を持った覚えはないので、自分も多くの人と同じく異性愛者だと思う。

恭介が気まずそうに由貴を見つめた。

「そうか、そうだよな。本当に悪かった。勝手な思い込みだけで失礼なことを言って」

「いえっ、もう誤解は解けたので大丈夫ですから」

また頭を下げそうになった恭介を、由貴は慌てて止める。

「それに、恭介さんにはっきり言ってもらって、俺も昨日からずっと考えてたんです。いろいろ思い当たることもあって、自分にも反省しなきゃいけないところがあるんだって気づきました」

学生時代に『八方美人だ』と言われた意味が、今なら少しわかるような気がした。

誰とでも仲良くできればそれが一番いいことだと思っていた。でもそれは、誰にでもいい顔をして調子よく合わせて、その場その場をやり過ごしていただけにすぎない。みんなと仲良くしているつもりで、実は誰ともちゃんと向き合っていなかったのではないか。——そんなふうに、由貴は恭介の裏表のない言動に影響を受けて考えるようになっていた。

嫌われたくなかったから常に笑顔を振り撒き、相手を傷つけないよう優しく接することを心がけて——けれどもそんな自分の振る舞いが、人によってはよからぬ勘違いを引き起こす原因になっていたのかもしれない。

葉一の件がなかったとしても、由貴が自分の欠点に気づかない限り、この先も同じようなことが起こる可能性は十分にあった。

その前に恭介にきつく怒鳴りつけてもらってよかったのだ。

「恭介さん、俺のことを叱ってくれてありがとうございました」

「——！」

一瞬、恭介が虚を衝《つ》かれたような顔をした。

「あの、チケット代はちゃんと払います。知らなかったとはいえ、俺も一緒に楽しみましたから。ネットオークションで競り落とした金額っていくらだったんですか？」

「……十万」

「え？」

「ペアで二十万だ」

由貴は自分の耳を疑った。

「に、二十万⁉」

予想外の価格に目が飛び出そうになる。

「す、すみません。あの今は手持ちが……給料が入ったら絶対に払います。でもその、薄給なので、できれば分割にしてもらってもいいですか？」

おろおろしながら頼むと、恭介が思わずといったふうに押し黙った。そしてフハッと噴き出す。端整な顔をくしゃっと崩し、声を上げて笑い始めたのだ。

突然のことに、由貴はぽかんとする。

「──ああ、悪い」

恭介がニヤニヤとしながら言った。

「最初に会った時にも思ったんだが、あんた、葉一から聞いていたイメージと大分違うんだよな」

「イメージ、ですか……？」

「あいつよりも年上の綺麗な男だって聞いていたから、てっきりもっと高慢で狡賢《ずるがしこ》そうな奴を想像していたんだ。だけど、まさかこんなチンチクリンだとはな」

「チ、チンチクリン……！」

「ああ、悪い意味じゃないぞ。笑顔の下で相手から金品を引き出す方法を探っているようなタイプかと思っていたんだ。でも、あんたはそんな悪巧みができるタイプじゃないだろ？　どう考えてもそこまで器用に頭が回らなさそうだもんな。わたわたしながら、目の前のことだけで手一杯って感じだ。難しいことは考えられない。湯気を立てて熱を出しそうだし」

「……それはつまり、バ、バカってことですか？」

「いやいや、そこまで言ってねえよ」

ニヤニヤと含み笑いをしてみせる恭介の顔は、そう言っているのと同じだった。

ガーンとショックを受けている由貴を、頬杖《ほおづえ》を突いた恭介がじっと見てくる。

「な、何ですか？」

まだ何か言われるのかと身構えていると、唐突に恭介が「ああ、そうか」と思い出したように言った。

「そのいちいち感情表現が大袈裟《おおげさ》なところが誰かに似てると思ったら、アイツにそっくりなんだ」

おもむろに席を立つと、彼はリビングの奥へと歩いていく。

どこに行くのだろうか？　由貴も座ったまま腰を捻り、目線で広い背中を追いかける。部屋の一角に高さのあるサークルで囲われた部分があった。その中へ恭介が入っていく。そこに何があるのだろう――由貴はそわそわしながら遠目に見つめていると、中でしゃがんだ恭介が長い腕を伸ばし、こいこいと手招きをしてきた。

由貴は急いで立ち上がり、いそいそと恭介のもとへ向かう。

「どうしたんですか？」

訊ねると、サークルの中でゆっくりと恭介が立ち上がる。腕に抱えている小さくて白いふわふわとしたそれを認めて、由貴は目を丸くした。

「――うさぎですか？」

「そうだ。俺の相棒」

恭介が指先で毛並みをくすぐるように撫でてやると、うさぎは鼻をひくひくと動かしながら気持ち良さそうに目を瞑っている。

「うわあ、かわいいですね」

「だろ？」と、恭介は脂下《やにさ》がっている。彼が小動物を飼っているのが意外だった。華やかで凛然《りんぜん》とした王子様は、どちらかというとドーベルマンとかシェパードみたいな大型犬を手懐けているイメージだ。それがふわふわした白うさぎを抱きしめて頬擦りしている。先ほどの大笑いした時も驚いたが、愛らしいペットと戯《たわむ》れる姿にもびっくりだ。

「おっ、プウが興味を示しているぞ」

恭介が珍しそうに目を瞬《しばた》かせた。白うさぎのくるっとした黒い瞳が、じいっと由貴を見上げている。

「かわいい……プウっていうお名前なんですか？」

「そう。プウプウ鼻を鳴らすんだよ。だからプウ。三歳のオスだ。ちなみに、機嫌が悪い時はブーブー鳴くぞ。うさぎは警戒心の強い動物だからな。初めて見る人間は大抵怖がるんだが——珍しいな」

腕に抱いたプウを恭介が試しに由貴に近づける。すると、ぴすぴすと鼻を動かすプウが腕の中から這《は》い出してきた。恭介の腕に後ろ肢《あし》をついたかと思うと、ぷるぷる震えながら不安定な足場でいきなり伸び上がり前肢をトンと由貴の胸元にタッチしてみせたのだ。

「おおっ、ウタッチが出たぞ」

「な、何ですか？　うたっち？」

「好奇心がそそられるものを見つけた時のポーズだよ。おねだりをする時もこうやって後ろ肢で立っちしてみせるんだ。なかなか見せてくれないんだけどな。しかもこんな腕の上で。やっぱりあんたに興味があるみたいだ。抱いてみるか？」

「いいんですか？」

恐る恐る両手を差し出して、プウを抱かせてもらう。

飼い主の手を離れたのに、プウは由貴の腕の中でもおとなしかった。

「かわいいなあ」

そっと頭を撫でてやると、プウが口元でカチカチと音を鳴らした。

「きょ、恭介さん、カチカチって歯を鳴らしてますよ。怒ってるんじゃないですか？」

「心配しなくても大丈夫だ。これは頭を撫でられて気持ちがいいって言ってるんだよ」

そうなのか――由貴はホッと胸を撫で下ろす。

「しっかし、懐いてるな。俺が飼い始めたばかりの頃はなかなか懐いてくれなくてビクビクしてたし、よく引っ掻かれたもんだけど。まあ、お前もさっきまでビクビクしてたからな。何せ俺を引っ掻いた側だし、やっぱり何か通じるもんがあったりするのか？」

「……さ、さあ？」

「それにしても、初対面でこんなに気が合うなんてちょっと妬《や》けるな。人間だと思われてないんじゃないか？　完全に仲間だと思われてるぞ。こうやって見るとそっくりだ」

プウを抱いた由貴をまじまじと眺めながら、恭介が腕組みをして言った。

「葉一にはどう見えていたんだか知らないが、あんたは綺麗というよりはカワイイ系だろ。色も白いし、髪も綿飴みたいにふわふわしてるし。落ち着きなくそわそわして、キョロキョロするところもよく似てる。……ちょっとそのまま動くなよ。待ってろ」

何かいいことでも思いついたかのような顔をして、恭介がダイニングテーブルに足を向け

る。すぐに戻ってきた彼の手には携帯電話が握られていた。

「よし、二人ともこっちをむいて」

どうやら写真を撮るつもりらしい。

由貴はプウの顔がよく見えるように抱き直してやる。「いい角度だ」と、恭介が嬉々としてシャッターを切った。

「見ろよ、いい写真が撮れたぞ」

恭介がニヤニヤしながら画面を見せてくる。

そこには愛らしい白うさぎを抱いて、少し緊張気味にはにかむ由貴の姿が写っていた。プウがメインかと思えば、由貴までちゃんと収まっている。

「……恥ずかしいです」

「何でだよ。二人ともかわいく写ってるだろ。ダブルうさぎだな。こっちがプウなら、お前はよく食うからブウにしよう」

「……！」

それはちょっとと目線で抗議すると、恭介が「冗談だ」とケラケラ笑った。

「そんな顔して睨むなよ、由貴。これはこれで雪うさぎみたいでぴったりだけど」

ふいにプウをそうするように由貴の頭を撫でてくる。

あまりにもさりげない言葉と仕草に、由貴は思わず口をぽかんと開けて彼をじっと凝視してしまった。

目の合った恭介がまた盛大に吹き出す。

「稀《まれ》に見るバカ面だな。くるくるした丸い目もプウとそっくり。間違えてお前をケージに入れてしまいそうだよ」

屈託のない顔で微笑まれた瞬間、どういうわけか由貴の胸がドキッと妖《あや》しく跳ねた。

恭介は由貴のことをイメージが違うと言ったが、恭介自身も由貴が最初に抱いたイメージとはまったく異なっていた。

鬼のように怖いと思っていたが、そんなことはない。

まるでグラビアから飛び出してきたような華やかな容姿と、口を開いた時のギャップは凄まじいものがあるが、人は悪くない。それどころか、すごくいい人だ。

一晩お世話になったあの日、由貴は美味しい朝食までご馳走になってから恭介の自宅をお暇《いとま》した。一緒に彼もマンションを出て、不案内な由貴をわざわざわかりやすい通りまで連れて行ってくれたのだ。

――一人で歩かせたら、いつまでもこの辺りをうろうろしてそうだし。迷子になって遅刻されても困るからな。

相変わらず恭介は軽口を叩いて笑っていた。じゃあまたなと別れてから、すでに一週間近くが経つ。

由貴はそれまで通り、職場とアパートを往復する毎日を送っていたが、何となくずっと恭介のことが頭の中にあった。

また彼の店へ行ってみようか。

だが、先日の失態で店に迷惑をかけてしまったから、なかなか足を運び辛《づら》いという面もある。あの時、店内に客はまだ残っていたのだろうか。酔っ払いの由貴のせいで、他の客の食事を邪魔するようなことはなかっただろうか。恭介にその辺りのこともきちんと聞いておけばよかったと後悔する。

親切にしてくれた店員にも、何か癇《かん》に障るようなことをしてしまったかもしれない。曖昧な自分の記憶が歯痒い。顔を出したら嫌がられるかもなと考えて、肩を落とした。

「給料日まで、まだ結構あるしな……」

書架の横に掛かったカレンダーを眺めてため息をつく。チケット代を渡す約束をしているので、給料が入れば堂々と会いに行ける。でもそれまでに一度くらい、別の口実で恭介と会う機会がないかなと考えていた時だった。

「笑顔が売りの司書さんが、ため息なんか吐《つ》いてもいいのか？」

「――！」

背後から潜めた声が聞こえてきて、由貴はビクッと背筋を伸ばした。

急いで振り返って目を丸くする。

「恭介さん⁉」

びっくりして裏返った声が口から飛び出した。それは静かな館内に思った以上に大きく響き渡り、由貴は慌てて口を閉ざす。視線が一斉に集中し、恭介もぎょっとしたような顔をしていた。

「お前、声でかすぎだろ」

「す、すみません。びっくりしたもので……っ」

周囲の人たちに急いで頭を下げて、恭介にも詫びる。

「そんなに驚かせたか？　仕事中にぼんやりカレンダーを眺めて、悩ましいため息なんか吐いてるからだよ。気を抜きすぎなんじゃねえの？」

恭介が揶揄うように笑った。

「……すみませんでした」

殊勝なことを口にしながら、由貴は内心舞い上がっているのが自分でもわかった。

まさかこのタイミングで本人が現れるとは思ってもみなかったのだ。正にどうやったら恭介に会えるかを考えていた最中だったので、一瞬幻覚が見えたのかと思ってしまった。

偶然の一言で片付けられないような、何か運命的なものまで感じてしまう。

「今日は、お店の方は大丈夫なんですか？」

平日の午後にふらっと現れた恭介は、相変わらず完璧な美貌にシンプルな私服姿だった。書架に向き合っているだけで図書館のＰＲポスターみたいだ。これを貼れば若い利用者がどっと増えそうな気がする。

「ランチタイムが終わって、少し時間があいたところだ。新作の料理のイメージをここで何かもらえないかと思って」

「料理本ですか。案内します。えっと、料理関連の本は……」

「いや、俺が探してるのは画集とか写真集だから」

うきうきと歩き出そうとした由貴は慌てて足を止めた。

「あ、料理の写真が載っているものですか。そういうのも全部、料理関連の棚に置いてありますけど」

「いや、そうじゃなくて。景色とか動物とか、そういう写真。秋だから紅葉の写真とかがあれば、ちょっと見たいんだけど」

「紅葉……」

思わず鸚鵡《おうむ》返しに繰り返すと、恭介が由貴の疑問に答えるように言った。

「時々、自然の中の色や形から、フッと食材や盛り付けのイメージが湧いたりするんだよ。全然違うジャンルの写真や絵とかも参考になる。いつもは本屋に立ち寄ったりするんだけど、せっかくだからここに来てみようと思って。知り合いの司書もいることだし」

最後の言葉を聞いて、由貴はハッと恭介を見た。

「案内してくれるか？」

「――もちろんです！」

こくこくと頷く。恭介に頼ってもらえたことが嬉しかった。何より由貴が勤める図書館だと知っていて、わざわざ足を運んでくれたのがこれ以上ないくらい嬉しい。店から来たのならば、ここより近い場所に書店があることを由貴も知っているからだ。

「えっと、写真集と画集はこっちです。あ、そういえば旅行雑誌とかもありますよ。行楽シーズンなので特集記事もたくさん組まれてますし」

「確かに、そういう雑誌にも載ってるな」

「後から探して持っていきましょうか」

「ああ、助かる」

目当ての棚まで案内すると、恭介は目についた本を適当に引き抜いていく。由貴はそれを受け取って傍《そば》の机まで運んだ。

恭介が椅子に座って画集を捲り始めると、一人で雑誌コーナーに向かう。ラックに置いてある雑誌を数冊見繕って、急いで恭介のもとへ戻った。

「これ、今月号です。ここに置いておきますね」

「おう、ありがとう。今気づいたけど、エプロンをしてるんだな」

不思議そうに言われて、由貴は自分を見下ろした。上半身から下半身を覆うタイプの紺色の無地のエプロンを身につけていて、左胸には名札を安全ピンで止めている。

「ああ、はい。図書の持ち運びが多いので、結構汚れることが多いんです。脚立とか上ったり、隣の資料館は埃《ほこり》っぽい場所もありますから」

今日の恭介が穿いているようなジーンズは禁止されているが、その他の服装は自由だ。ただ移動が多いため、動きやすい恰好が原則で、由貴も足元はスニーカーだった。

「そっか。真面目に働いている司書さんを、この前は詐欺師呼ばわりして悪かったな」

さりげなく一週間前の話を持ち出してくるので、咄嗟の反応が遅れてしまった。

「――いいえっ、もう本当に、全然気にしてませんから！」

慌てて首を横に振ると、恭介が唇を引き上げて微笑む。その表情を見ただけで、ふわっと体温が上がるのが自分でもわかった。

「今、忙しいのか？」

「？　いえ、大丈夫です。何か他にも必要なものがあれば探してきましょうか？」

「いや、それはもういい。お前もちょっとこっちに座れよ」

恭介が隣の椅子を引いて、ポンポンと叩いてみせた。由貴は一瞬躊躇《ためら》ったが、言われた通りにいそいそと移動する。

「……失礼します」

椅子に腰掛けた。

机に広げてあるのは水の写真集だ。見開きに雨上がりの蜘蛛《くも》の巣が写っている。水滴が丸く盛り上がって糸の上にいくつも連なり、光を弾《はじ》いてきらきらと光り輝いていた。手前の大きな水の珠《たま》は、その中に空に架かった虹を閉じ込めている。正に自然界で見つけた奇跡の偶然を切り取った一枚だ。

「わあ、綺麗ですね。こんな写真集があったんだ……」

司書としてあるまじき発言をしてしまうと、恭介が意外そうに訊《き》いてきた。

「こういう本は見ないのか？」

「実は、写真集や画集はあまり見たことがなくて」

「まあ、司書だからってここにある全部の図書に目を通すことはできないもんな。普段は何を読むんだ？　恋愛小説とか読んでそうだな」

「いえ、実はそっちもあまり詳しくはないんです。話題になっている本はなるべくチェックするようにはしてますけど、どうも合わないジャンルなのかピンとこなくて……」

正直に話すと、恭介が益々意外そうな顔をしてみせた。

「へえ。何かああいうのを読んで、一人で感動して泣いてそうなイメージだけどな。だったらどういう本を読むんだ？」

「おもにミステリーですね」

由貴は話しながら、思わず前のめりになる。

「秀逸な叙述トリックに出会うとゾクゾクします。特に最後の数ページでの大どんでん返しとか、一行で全部引っくり返された時の、あの『騙《だま》された！』って感じが堪《たま》らないです。快感を覚えます！」

「……へえ」

恭介の反応が若干引き気味なのに気づき、我に返った由貴は慌てて訂正をした。

「あ、すみません！　快感とか、別に変な意味じゃないですよ？」

必死な由貴がおかしかったのか、恭介が声を嚙み殺しながら笑った。

「わかってるよ。俺もそういう感覚は経験したことがあるし」

「恭介さんもミステリーを読むんですか？」

「いや、俺の場合は詩集とかかな。一言で目に浮かぶような情景を言い表したり、言葉の中には一切出てこないのに鮮やかな色のイメージを印象付けたり、またその言葉選びが絶妙なんだよ。そういう詩に出会うと、ゾクッと鳥肌が立つ」

「……その快感は、まだ味わったことがないですね」

真面目な感想を伝えたのに、恭介は何がツボに入ったのか口と腹を押さえてしばらく笑っていた。

「あ――……もうお前、こんな静かな場所で笑かすなよ。腹が痛くなるだろ」

恭介が目尻に浮かんだ涙を拭って、軽く由貴の頭をはたくような仕草をしてみせた。

由貴としては別に笑わせようと思って喋《しゃべ》ったわけではないので、少々腑に落ちない。何がそんなにおかしかったのかも謎だ。

まだくつくつと喉を鳴らしながら、恭介が本の山から空の写真集を引き抜いて捲った。

「空にもいろんな表情があるんだよなあ。人間みたいだな。同じ空は二度と見ることができないんだから」

ページを繰る彼の横から、由貴も首を伸ばして覗き見る。青空から曇り空、夏の空に秋の空。毎日見ているはずなのに、こうやって一つ一つ切り取られると別風景のように感じられた。同じ写真でも、恭介の目には由貴が感じ取ったイメージとはまた別のものとして映っているのだろうか。ここから新しい料理が生まれることもあるのかと思うと、恭介の思考回路がどうなっているのか物凄く興味を引かれた。

懸命に記憶を呼び起こす。彼の作る料理は味はもちろん美味しかったが、見た目も美しかった気がする。繊細で美しい盛り付けを眺めて、食べるのがもったいないなと思った記憶があった。由貴自身はゼロから何かを生み出すという芸術的な才能が皆無なので、恭介の職人技には素直に感動したのだ。もう一度、あの料理を食べてみたいなと思う。

恭介が写真集を眺めつつ、ぼそっと独りごちた。

「夕焼けも綺麗だな」

由貴も覗き込む。真っ赤に熟したトマトを潰《つぶ》したような夕陽だった。恭介が作ってくれたトマトスープが脳裏に蘇る。

「そうですよね。夕焼けってとろっとしてて、何だかおいしそうですもんね」

一瞬、沈黙が落ちた。

次の瞬間、恭介がまた口と腹を押さえて笑い出した。

「笑かすなって言っただろうが。ヤバイ、お前の言葉はいちいち俺のツボをついてくる」

突っ伏して笑いを噛み殺している恭介を見つめながら、やはり由貴には彼が何を言っているのかいま一つ理解できなかった。だが、頬を本に押し付けてこっちを見てくる恭介に「食いしん坊め」と揶揄われて、ようやくカアッと羞恥《しゅうち》が込み上げてくる。顔が火照った。

ひとしきり笑った恭介が、ふと思い出したように訊いてきた。

「そういえば、あれから毎日夕飯はどうしているんだ？　家に帰って一人でゴハンを食べるのは苦手なんだろ？」

由貴はぎょっとした。

何でそんなことまで知っているのかと狼狽えると、恭介に呆れられる。どうやら酔っ払った拍子に自分からペラペラと喋ったらしい。

まったく身に覚えのない話を持ち出されて、頭を抱えたくなる。ただただ恥ずかしかった。

「最近は、ずっとコンビニメシで済ませてます」

「一人で？」

「……はい」

由貴は頷きながら、少し悲しくなった。恭介は、由貴がまたひょいひょいと誰彼構わず誘いに乗って、あちこち出かけていると疑っていたんじゃないか――。

「何だよ」

しかし、彼から返ってきたのはまったく別の言葉だった。

「うちの店はコンビニに負けたのか」

由貴は思わず面食らってしまう。

「え……？」

「俺の味はお気に召さなかったか？」

不機嫌そうに問われて、我に返った由貴は咄嗟に首を左右に振った。

「いえ、すごく美味しかったです。あんなに、食べて幸せな気分になったのは初めてです」

必死になって伝えると、恭介の機嫌が少し浮上したようだった。

「だったら、何であれから一度も顔を出さないんだよ」

「え？　行ってもいいんですか？」

思わず訊き返した由貴を、恭介が怪訝《けげん》そうな目で見てきた。

「いいに決まってるだろうが。何を遠慮してるんだ」

「でも俺、この前は酔っ払って、お店にもすごく迷惑をかけたと思うんで……」

「寝てるお前に気づいた頃は、もう他の客は帰って誰もいなかったよ。うちのスタッフは酔っ払いのお前を大笑いしてたぞ。あれこれ愚痴ってたもんなあ。おかげであいつまで俺のことを鬼王子と呼びやがる。また来ないかなって、お前の来店を心待ちにしてるくらいだ」

「そ、そうなんですか？」

「ああ。だからいつでも好きな時に来ればいいんだよ。でもまさか、お前がそんなことを気にしてたとはな」

恭介が呆れた声で言った。

「一人でメシを食うのが苦手なくせに、この一週間は家に引きこもって一人でぽつんと食べてたのか？　うちはカウンター席もあるから、寂しいならテーブルじゃなくてカウンターに座ってろ。オープンキッチンになっているから、手が空けば話し相手くらいはしてやる」

「べ、別に寂しいわけじゃ……」

焦って言い返そうとしたが、恭介がにやにやと流し目で見てくるので、思わずうっと押し黙ってしまう。

「……コンビニメシはもう飽きました。仕事が終わったら、さっそくお邪魔してもいいですか？」

一瞬の沈黙の後、恭介がプッと噴き出した。

「くく……わかったよ。ふふっ……よし、特等席を用意しておいてやる」

由貴は頬を熱くしながら、口と腹を押さえて身悶《みもだ》えている恭介を恨みがましく見つめた。

毎日アパートと図書館の往復を繰り返していた味気ない生活に、もう一つ、立ち寄りポイントが増えた。

この一週間、由貴が仕事を終えた足でいそいそと向かう場所――【ビストロ・Ｍｏｕ】だ。

似たような民家が並ぶ住宅街もすでに道順を覚えて、慣れた足取りで進む。

細い路地に入る。すぐに蔦の葉が巻きついた塀と、ほのかなオレンジ色の電飾に照らされた看板が見えてくる。思わず頰が弛んだ。

半月前に初めてここを訪れた時は、なかなか最初の一歩が踏み出せなくて店先をうろうろする羽目になったが、さすがに一週間も通い詰めれば慣れてくる。

石畳のアプローチを渡ってドアを開けた。

キョロキョロと中を覗き込むと、気づいた店員が素早くやって来る。

「いらっしゃい、由貴さん。おかえりなさい」

すっかり顔見知りになった彼に気安い口調で迎えられた。

「あ、鈴谷《すずや》くん。こんばんは」

一つ年下の鈴谷は、感じよく笑って「どうぞ」と案内してくれる。この店は恭介がオーナー兼シェフとして去年オープンしたばかりで、鈴谷は当初から働く唯一のスタッフだ。小さな店なので二人で十分手は足りるという。

【Ｍｏｕ】に由貴が二度目に訪れた時、鈴谷の反応は複雑なものだった。

——ププッ、あのシェフを面と向かって鬼王子呼ばわりするのは、由貴さんだけですよ！　でもわかります、わかります。口を開くと残念なイケメンですからね、うちのシェフは。

酔っ払った際に何を口走ったのかまったく記憶はなく、由貴は卒倒しそうになった。鈴谷の後ろに恭介が壮絶な微笑みを浮かべて立っていたからだ。

——お前の席はちゃんと確保してあるぞ。

鈴谷の頭にきっちりゲンコツを一発落とした恭介が案内してくれたのは、カウンターの一番奥の席だった。もともと一人客用に作ったそうで、椅子の数は少ない。ゆったりと座れて、一人でも気軽に誰にも邪魔されず食事を楽しむことができるスペースである。

それ以来、カウンターの一番奥が由貴の指定席になった。

今日の店内は三組の客がテーブル席を占めていた。仕事帰りのサラリーマンばかりだ。三人連れが一組、二人連れが一組、そして一人でテーブル席を陣取っている二十代の男性。

由貴がカウンター席にいそいそと腰を下ろすと、奥から恭介が顔を出した。

「何だよ、また来たのか」

呆れたように言われる。

「はい。来ました」

「相変わらず一人か。たまには同僚と飲みに行ったりしないのかよ」

「えっと、うちの職場はあまりそういうのはないんです」

「ふうん。そのうち、ここの味にもコンビニみたいに飽きたなんて言い出しそうだな」

挨拶のように悪態をつきながら、恭介はキッチンへ戻っていく。

由貴は内心首を傾げた。恭介の味に飽きることなんてあるはずないのにと思う。

「あんなこと言ってますけど、いつもこのくらいの時間帯になると、入り口の方を気にし始めるんですよ。由貴さんが来る時間だから」

鈴谷がこそっと耳打ちをしてきた。振り向くと、目の合った鈴谷がニッと笑って小声で言った。

「今までディナーにワンプレート料理はなかったんですけど、先週から急に始めましたからね。まあ、うちの店はもともとシェフの気紛れでその日作りたいものを作ってるから、メニューも何でもありなんで。カフェメシみたいなのも出てくるし。由貴さん、最近ちょっとお疲れ気味でしょ。本日のおまかせプレートはカレーですよ。香辛料に食欲をそそられてテンションが上がるだろうって、シェフが朝から煮込んでましたから」

「え、そうなの？　実はお昼にカレーを食べようかどうしようか迷ったんだ。昨日、寝る前にふっと食べたくなって。でも、今日はなかなか職場を離れられなくて、結局コンビニのおにぎりを買ってきてもらったんだけど」

驚くと、鈴谷もまたびっくりしたような顔をしてみせた。プッと噴き出す。

「シェフ怖っ！　由貴さんのことをどっかから監視でもしてんじゃないですか？」

ゲラゲラと笑い始めてしまった。恭介といい鈴谷といい、見た目はしゅっとしてクールなのに一度笑うと箍《たが》が外れたみたいに笑い続ける。二人とも笑い上戸なのだ。

一方、由貴は鈴谷から自分の知らない恭介の話を聞いて、そわそわと落ち着かない気分だった。心拍が妖しく跳ね上がる。

「鈴谷！」とキッチンから恭介の声が聞こえてきた。鈴谷が「あ、ヤバイ」と、しゃきっと背筋を伸ばす。

「鬼王子に怒られる。由貴さん、ご注文は？」

「あ、じゃあいつもので」

「本日のおまかせプレートですね。かしこまりました」

にっこり微笑んだ鈴谷がキッチンに向かって注文を繰り返す。恭介の返事が聞こえた。ランチメニューのように、ディナーにも財布に優しいおまかせプレートが登場したことはありがたかった。さすがに一回の食事で数千円が飛んでいくと、毎日通うことは難しくなる。

フライパンに油が跳ねる音がして、奥にコックコートを着た恭介の姿が見える。由貴はカウンターから首を伸ばしながら、てきぱきと動く背中を目で追いかける。

恭介はあまりフロアに出てこない。

王子様然とした華やかなルックスは客寄せパンダにはもってこいだが、何せ本人の性格が容姿を完全に裏切って、とにかく短気で口が悪い。オープン当初は恭介目当ての女性客が押し寄せてきたが、料理そっちのけで携帯電話のカメラを向けられたり、あからさまなアプローチを仕掛けられたりして、とうとう堪忍袋の緒がブチ切れたそうだ。

女性に対しても容赦なくズケズケと物を言い、喧嘩《けんか》になったこともあったらしい。

——言っていることは正しいんですよ。店でパシャパシャ写真を撮られると、純粋に食事を楽しみに来てくれている方の迷惑にもなるし。仕事中にデートしてくださいとか話しかけられても困るし。オープンキッチンだから、わざわざ近くにまで行ってシェフの写真を撮るわけですよ。そしたらカウンターのお客さんは落ち着かないでしょ？　料理を作っている過程も含めて食事を楽しんでもらいたいから、こういう設計にしたんだって言ってましたからね。シェフが怒るのはもっともなんですよ。もっともなんですけど、言い方ってものがあるじゃないですか。シェフの言葉はトゲだらけで優しさが圧倒的に足りない！　自分で言っときながら、後悔することも少なくないですからね。正直で不器用っていうか……。

鈴谷が以前、笑い話のように当時のことを教えてくれたのだ。

一年前は男性客に比べて女性客の方が圧倒的に多かったが、悪評が回って、結局今ではその比率が完全に逆転してしまったという。

——インターネットの力は怖いですね。一度は客足がガクンと落ちて本気で大丈夫かと心配したんですけど、味は確かですからね。シェフ目当てのうるさい客がいなくなって、逆に落ち着いたっていうか。男ばっかりでむさ苦しいけど、これはこれで案外ラクですよ。シェフもキレることなく仕事に集中できるし。

恭介の美貌は使いようによっては強力な武器にもなるが、ニコニコ笑っていられる時間が限られているので、イケメンシェフを打ち出す路線での客集めは早々に諦めたらしい。

キッチンにこもっているのが一番平和なのだそうだ。

――そのうち、テレビ取材とか入ったりするんじゃないかと期待してたんですけどね。無理でした！

あっけらかんと彼は言ってのけたのだった。

由貴は厨房を眺めながら、テレビ画面に映った恭介の姿を想像してみる。

確かにテレビ栄《ば》えするだろう。しかしすぐに、頭の中の恭介は、不躾《ぶしつけ》な質問をするインタビュアーにキレて鬼王子に変身してしまった。怒鳴り散らす彼の姿しか想像できなくなる。

由貴も怒鳴られた経験があるので、恭介にテレビ出演は向いていないと思う。それに、世の中には物好きな女性だっているに違いない。鬼の恭介を見て興味を持ち、わざわざこの店を訪ねてくる可能性もありうるのだ。

それは困る――由貴は考えて、ふと内心で首を傾げた。どうして自分が困る必要があるのだろうか。

その時、トンと目の前にプレートが置かれた。

ハッと顔を上げると、恭介が頭上から覗き込むようにして由貴を見ていた。

「また何を悩ましげにため息なんか吐いてるんだ。あんまり頭を使うと熱が出るぞ」

「――――！」

無意識に頬杖をついていた手を慌ててカウンターから下ろす。ふわっとスパイシーな香りが鼻先をくすぐって、空腹を刺激した。

「カレーだ」

思わずぱあっと頬を弛ませると、恭介が少し呆れたように笑う。

「現金な奴だな。ゆっくり食えよ」

「いただきます」

じっくりと煮込んで野菜の旨味《うまみ》が溶け込んだカレーは本当に美味しかった。付け合わせのパプリカと紫タマネギのマリネやレンコンのキンピラも由貴の好みの味だ。雑穀米は白米よりも様々な栄養素を豊富に含んでいると、以前誰かから聞いたことがある。確か、疲労回復効果もあるはずだ。

ガツンと辛いものを欲していた胃が喜んで、どんどん食が進む。

ここ三日ほど、仕事が忙しくて正に疲れ気味だったのだ。

同僚の一人が体調を崩して検査入院をすることになり、週末に企画していたイベントの担当を急遽由貴が引き継ぐことになったのである。

月に二回の乳幼児を対象にした絵本の読み聞かせは、保護者や子どもたちにもっと本や図書館に親しみをもってもらおうと、力を入れているイベントの一つだ。今までも補助に付くことはあったが、最初から最後まで自分が仕切るのは今回が初めてだった。通常の仕事の合間を縫って準備や練習に追われている。

恭介にはそこまで話していなかったが、慣れない作業による疲労感を見抜かれていたのかなと思う。何も言わずに察してもらえたことが、何だか堪らなく嬉しい。

「ご機嫌だな。ほら、これもサービスだ」

頭上から恭介の声がして、トンとカウンターに新しい皿が置かれた。小さな透明な器に盛られた綺麗なピンクのそれを見て、由貴は益々テンションが上がる。

ニンジンのムースだ。

「俺、これ好きです」

「だろうな。この前も美味《うま》そうに食ってたし」

まるで洋菓子店のショーケースに並んでいるようなムースの上には、オレンジ色のソースでうさぎのイラストまで描いてあった。

「これ、プウですか？」

「いや、お前」

「……でも、どう見てもうさぎですけど」

「俺の目にはそう見えているんだ。かわいいだろ？」

咄嗟に顔を撥ね上げると、恭介が「何だよ」と眇めた目で見返してくる。

由貴はわけもわからずカアッと頬を熱く火照らせて、慌てて首を左右に振った。

「い、いただきます」

「どうぞ」

恭介が見ている前で、緊張気味にスプーンで掬って頬張る。ほんのりとした上品な甘さのムースが口の中でふわっととろける。少し酸味の効いたキャロットソースがクリーミーなムースと絶妙に合っていた。美味しいものを食べると本当に幸せな気分になる。

「美味いか？」

「はい、すごく美味しいです」

大きく頷くと、恭介が満足そうに「そうか」と微笑んだ。

その顔を見た瞬間、なぜか急に胸が激しく高鳴り始める。

びっくりした由貴は焦った。

——何だろう、これ……！

自分の体内の変化に酷く動揺してしまい、危うくスプーンを取り落とすところだった。

4

待ちに待った給料日がやって来た。

昼休憩に銀行で下ろしてきたチケット代を持って、いそいそと帰宅準備をする。

「お疲れさまでした。お先に失礼します」

「お疲れー」

同僚と挨拶を交わして図書館を出る。さっそく【Ｍｏｕ】へ向かおうと歩き出したところだった。

「桃山くん！」

背後から呼ばれて、由貴は立ち止まった。振り返る。

暗くなった遊歩道で誰かが手を振っている。じっと目を凝らすと、近付いてきた人物の正体が明らかになる。

「西内さん」

眼鏡をかけた見覚えのある顔を確認して、由貴はほっと頬を弛めた。昨日も仕事帰りに図書館へ立ち寄った彼と、おすすめ本について話したばかりだった。

スーツ姿で小走りに寄ってきた彼は、今日はいつもより少し帰宅が遅いようだ。

「今、お帰りですか？」

「うん。桃山くんも？」

「はい。すみません、もう図書館は閉館してしまって……何か御用がありましたか？」

申し訳なく思って訊ねると、西内は笑ってかぶりを振った。

「いやいや。今日はたまたま通りかかっただけだから。まだ昨日借りたばかりの本を全部読めてないんだ」

「そうでしたか。遅くまでお仕事お疲れさまです」

「桃山くんも、お疲れさま。今日はもう帰るの？」

西内に問われて、由貴は一瞬返事を躊躇《ちゅうちょ》した。

「あ……はい」

頷くと、彼は眼鏡の奥の穏やかな目を嬉しそうに細めた。

「そうなんだ？　だったら、これから食事にいかない？　美味しいイタリアンのお店を見つけたんだよ。由貴くん、パスタ好きでしょ？　そこのカルボナーラが絶品でね。是非、由貴くんにも食べさせてあげたいなと思ってたんだ。ここからそんなに遠くないから……」

「あの、すみません。俺、行けないです」

「え？」

「いつも誘っていただいてありがとうございます。でも、ごめんなさい。俺、これから行かなきゃいけないところがあるんで。すみません、これで失礼します」

丁寧に会釈した由貴を見つめて、西内は「……そっか」と低い声で言った。

「何か、最近の桃山くんはちょっと変わったよね」

「？」

首を傾げると、彼が自嘲気味に笑う。

「前の桃山くんだったら、誘ったら二つ返事でＯＫしてくれたじゃない。それなのに、急に素っ気なくなったよね。以前はもっといろいろなことを話してくれたのに、最近は本の話ばっかりだし」

「え、あの、えっと……」

由貴は戸惑った。西内が何を言いたいのかわからない。彼は詰め寄るように一歩踏み出し、語気を強めて一気にまくし立ててきた。

「大体、君が言ったんじゃないか。一人でゴハンを食べるのは寂しいから嫌だって。あんなふうに甘えられたら、こっちも放っておけなくなるだろ。パスタだって、君が好きだって言うから、いろいろと調べて美味しい店を探したんだ。君が食べたいって言ったんだろ」

「——！」

突然、ぐっと強い力で腕を摑まれた。

「痛っ……に、西内さん？」

驚いて見やると、間近から怒りに顔を強張《こわば》らせた彼が由貴を凝視していた。いつもの温和な彼とは違って明らかに様子がおかしい。「桃山くん」と、どこか切羽詰まったような声で呼ばれて、ぞわっと背筋が戦慄《わなな》いた。

今まで気にならなかったじろじろと舐《な》め回すような視線や、べたべたとした触り方に異様な嫌悪感を覚え始める。

思わずゾッとする粘着質なものを感じた瞬間、由貴は唐突に気づいた。

西内も葉一と同じなのではないか――由貴のことを、そういう対象として見ていた……？

指が肌に食い込むほど強く由貴の腕を掴み、至近距離から顔を覗き込もうとする見開いた目に、ほの暗く滾《たぎ》る邪《よこしま》な情が揺れる。

由貴は思わず全身の産毛を逆立たせた。危険だと脳が合図を示す。

「あの、ごめんなさい」

咄嗟にもう片方の腕を突っ張って、謝った。胸元を突き返された西内は、一瞬足元をふらつかせるも、腕の拘束は緩まらない。

「俺、甘えてるとか全然っ、そんなつもりはまったくなくて。でも、西内さんを誤解させるようなことを言ってしまったのなら、謝ります。本当にすみませんでした。自分の軽はずみな言動を反省しています。俺のためにお店を調べさせたりさせて、本当にごめんなさい」

「……何で急にそんなことを言うんだよ」

西内の声が更に低まった。腕を摑む指も益々肌に食い込む。一見痩《や》せ型の体からはとてもそうとは思えないのに、西内の握力は驚くほど強かった。

「痛っ」

「桃山くん、俺はね。君に会いたくて、仕事が終わると必死に走ってここに通っていたんだよ？　今日はちょっと遅くなってしまって……ああ、それで機嫌が悪いのかな？　桃山くんはおなかがすいてご機嫌斜めなのか。ごめんね。謝るから、そんな冷たいことを言わないでよ。ねえ」

急に猫撫で声で縋《すが》りつくように言われて、背筋が寒くなる。

「に、西内さん、離して……っ」

「そうだ、桃山くん。今日はパスタの気分じゃないなら、どこか別の店にしよう。どこがいいかな、君のためにいろいろと調べつくしたからね。食べたいものがあったら言ってよ。何でも答えられるよ」

「やめ、離してください！　俺、本当にもう食事とか行けないから、離して……っ」

引き摺られそうになる体を必死に足を踏ん張って堪える。その時だった。

「おい、何をしているんだ！」

ハッと振り向くと、こちらに駆け寄ってくる人影が見えた。あっという間に揉《も》み合っている二人の間に割って入って、由貴を自分の背中で庇《かば》うようにして立つ。

恭介だった。

どうして彼がここにいるのだろう——由貴は、突然のことに言葉を失って目を丸くする。

「あんた、こいつに何の用だよ。嫌がっているこいつに無理やり何をする気だ？」

地の底を這うような低い声で凄んで、西内の腕を強引に捩《ね》じ上げる。由貴の腕を摑んで離さなかった西内も、恭介の力には敵《かな》わなかったらしい。「イタタタタッ……！」と悲鳴を上げて、膝から地面に頽《くずお》れた。痛がる西内を、恭介は凍てつくような目で見下ろしている。

「恭介さん、もうそのくらいにしてください。俺は大丈夫ですから」

我に返った由貴は、慌てて止めに入った。力の差は歴然だ。このままだと西内に怪我をさせてしまうかもしれない。

恭介がちらっと由貴を見た。

「大丈夫か？　何もされてないな」

「はい」

頷くと、恭介はほっとしたように僅かに表情を弛ませて、パッと西内から手を離した。

何かに気づいて歩き出し、地面に落ちていたそれを拾い上げる。Ａ４サイズの封筒だ。

「……あんた、中学校教員なのか」

恭介の言葉に、うつ伏せに倒れていた西内がビクッと反応した。由貴も驚く。

「え、西内さん、会社員じゃなかったんですか？」

横から恭介が封筒を差し出してきた。下方に中学校名が印刷してある。

表には『2‐3　西内先生』とボールペンで書いてあった。中には書類が入っているのだろう。『今月末までに各学年主任まで提出をお願いします』と、付箋が貼ってあった。

「学校の先生が、嫌がってる司書の腕を摑んで一体何をしようとしてたんだ？　なあ、こんなことが学校側にばれたら大事になるんじゃないか？　西内センセ」

恭介が冷やかに言う。ビクッと怯《おび》えた西内は素早く起き上がると、恭介から封筒を引っ手繰り、転がるようにして逃げていった。

「逃げ足が早いな」

呆れ返ったため息を吐き、恭介が由貴を振り返った。

「本当に大丈夫だったんだろうな？」

問われて、由貴はこくこくと頷く。

「ちょっと腕を摑まれたぐらいですから」

平気だと左腕を軽く掲げてみせると、歩み寄ってきた恭介がふいに由貴の腕を両手で包むように触れてきた。西内に摑まれた箇所を優しく擦ってくれる。

なぜかドキッとして、胸が忙《せわ》しく高鳴り始める。

「きょ、恭介さん、どうしてここに？　お店はどうしたんですか？」

「今日は定休日だ」

「――あ。そうか、今日は水曜日」

すっかり忘れていた。毎週水曜日は【Ｍｏｕ】の定休日だ。給料が入ったことが嬉しくて、頭から抜け落ちてしまっていた。

「そろそろ仕事が終わる頃だから、この道を歩いているんじゃないかと思ったんだ。そうしたら、お前が変な男に絡まれているのが見えて焦ったよ」

恭介が駆けつけてくれた方向には、買い物袋が落ちていた。スーパーで買い物をした帰りだったらしい。

「助けてくれて、ありがとうございました」

由貴は深く頭を下げた。

「何があったんだ？」

恭介に問われて、由貴は正直に明かした。

「実は、食事に誘われました。でも、俺は断ったんです。そうしたら、西内さんに最近の俺は変わったって言われて……」

――大体、君が言ったんじゃないか。一人でゴハンを食べるのは寂しいから嫌だって。

責めるような西内の言葉が蘇る。それに関しては由貴も身に覚えがあった。世間話の延長で交わした会話が、受け手によってはここまで曲解されてしまうことの恐ろしさを知る。同時に、今までの自分がどれだけ考えなしだったかと思うと歯痒《はがゆ》くて仕方なかった。

「恭介さんに言われた通りでした。やっぱり、俺の言葉や態度は相手に対して無神経なほど思わせぶりなものだったんだと思います。今回のことで身に染みました」

「……そうか」

下げた頭にぽんと恭介が手を乗せたのがわかった。

「いろいろ思うところがあるんだろうが、とにかくお前が無事でよかった」

くしゃくしゃっと柔らかい髪を混ぜ返されて、最後にぽんぽんとされる。優しい声と仕草にじわっと胸が熱くなった。

「これからメシを作るけど、お前もうちに来るか？」

「……っ」

喉元まで込み上げてきたものをぐっと押し留めて、頷いた。

「あまり落ち込むな。何かあったかいものを作ってやるから。ほら、顔を上げろ」

潤んだ目に気づかれてしまい、恭介がふっと笑って由貴の鼻を揶揄うように摘んできた。

「一回泣いとくか？　俺は別に構わないけど。おっ、今図書館から出てきたのってお前の同僚じゃないか。どうする、泣くなら胸くらい貸してやるぞ」

「……なっ、泣きません。恭介さん、ちょっと意地悪ですよね」

顔を振って、恭介の手から鼻を逃がす。軽く睨み上げながら急いで洟を啜ると、恭介がその美貌にニヤリと人の悪い笑みを浮かべてみせた。

「何せ鬼王子ですから」

「――!」

自分で言ってツボに入ったのか、彼は楽しそうにくつくつと喉を鳴らしながら買い物袋を拾いに引き返した。


恭介の自宅にお邪魔するのは二度目だ。

前回は酔っ払ったまま運ばれたので記憶にないが、セキュリティ設備が整っているオートロックのエントランスは由貴が住んでいる築四十年のアパートとは大違いだった。八階建てのマンションはまだ築三年で新しく、壁も床もエレベーターも綺麗だ。

専門学校を卒業後、都心の某高級レストランに就職した恭介は、一年前に独立して夢だった自分の店を持ったのだそうだ。

オープンしてからの一年間はいろいろとあり、客層や客足にも大幅な変動が見られたが、二年目に入ってようやく落ち着いてきたらしい。スタッフの鈴谷も同じようなことを言っていた。

意識がある時の訪問は初めてなので、なぜだか異様にドキドキした。

由貴がダイニングテーブルの周りでキョロキョロしている間に、恭介は買い込んだ食材をてきぱきと仕分け始める。

「準備をするから適当にくつろいでいていいぞ」

手伝うと言ったら、却下された。まともに料理をしたことがないと彼にはバレているので仕方ない。

しゅんとしていると、いつの間にかリビングに移動していた恭介に呼ばれた。由貴は足早に歩み寄る。恭介がしゃがんでいる前には大きめのケージが置いてあった。

プウのおうちだ。

「よし、プウおいで」

ケージを開けて、恭介が愛兎のプウを抱き上げた。ご主人様とのスキンシップが嬉しいのだろう。プウプウと鼻を鳴らして甘えている。恭介に頭を撫でてもらってご機嫌だ。

「ほら、プウ。お客さんだぞ。お前のお気に入りの仲間だ」

ひとしきり構ってやってから、恭介は腕に抱いたプウの顔を由貴に向けた。

丸いつぶらな瞳がじいっと由貴を見上げてくる。

「えっと、プウ……こんにちは。覚えてるかな……?」

反応の薄いプウの様子を不安に思っていると、恭介が「手を出してみろ」と言った。

恐る恐る指先をプウに近づけてみる。すると彼は鼻をひくひくと動かしながら、由貴の指を嗅《か》ぐような仕草をしてみせた。やがて、鼻先でツンツンとつつくような仕草に変わる。

「大丈夫だ。覚えていたらしいぞ。遊んでくれってねだってる」

恭介がプウを由貴に渡してきた。

「撫でたり、マッサージをしたりしてやると喜ぶ」

ぎこちない手つきで教わった通りに撫でてやると、プウはおとなしく由貴に抱かれて気持ち良さそうに目を細めていた。

「本当に好かれてるな。一度鈴谷と会わせたことがあるんだが、あいつとは目が合った瞬間から天敵みたいに睨み合っていたぞ。やっぱり相性ってあるんだな」

恭介が興味深そうに言って、また由貴の頭をぽんぽんとした。たったそれだけのやりとりで、なぜだか由貴の心臓は妖しく高鳴り始める。腕の中でおとなしくしていたプウが、一瞬ビクッと驚いたみたいにキョロキョロと鼻先を宙に彷徨《さまよ》わせた。由貴の動揺が彼にまで伝わってしまったのかもしれない。

プウの世話を由貴に任せて、恭介はキッチンへ戻った。

由貴はソファに腰掛けて、膝の上に乗せたプウの頭を撫でてやる。すっかり気を許してくれたのか、長い耳をパタンと倒して口をもぐもぐさせている。これはリラックスしている時の仕草なのだそうだ。

プウを撫でながら、ちらっとキッチンの恭介を覗き見る。黒のエプロンを身につけた彼はこのままテレビの料理番組に出ていてもおかしくないほどキラキラとして見えた。手際のいい無駄のない動きにうっとりと見惚れてしまう。料理ができる男の人ってすごい。包丁の音がリズミカルで、聞いていると心地よくなってくる。恭介さん、器用だな……。カッコイイよな……。

そんなことを考えながら、いつの間にか寝てしまったらしい。

「……おい、そろそろ起きろ。メシができたぞ」

頬をつつかれる感触に意識を揺さぶられて、唐突に覚醒した。

「……え？　……あれ？」

目を開けると、由貴はいつの間にかソファに横になっていた。ブランケットまで掛けてある。ハッと飛び起きた。

「す、すみません、俺寝ちゃったみたいで……っ、あ、プウは？　俺、プウを下敷きにしてるんじゃ……」

「ここだよ。こいつも気持ち良さそうに眠ってるぞ」

恭介の腕の中でプウが熟睡していた。一瞬青褪めた由貴はホッと胸を撫で下ろす。

「何か少しでも警戒していると絶対に寝ないんだ。お前の傍は安心できるんだな」

ほらと恭介が自分の携帯電話を差し出してくる。覗き込んだ由貴は目をぱちくりとさせた。身に覚えのない写真——居眠りする由貴の上で、ぺたんと耳を倒したプウもまだ無防備に肢を伸ばしてぐっすり寝入っている。まるで由貴がぬいぐるみを抱いて寝ているみたいだ。

どうして由貴の寝姿まで収めているのだろう。

「すごいだろ。こいつはこんな写真はなかなか撮らしてくれないんだぞ。お前がいると、プウの貴重なショットがたくさん手に入る」

恭介はとても嬉しそうだった。溺愛《できあい》するプウの写真が撮れてご満悦だ。

ああ、そうかと気づく。恭介の写真はあくまでプウが主体なのだった。――当たり前だ。変にドキドキしてしまった自分の心境が理解できず、一人焦りつつ内心で首を捻る。

寝ているプウをケージに戻し、由貴は恭介がふるまってくれた料理を腹いっぱいになるまで堪能した。

何かあったかいものを作ってやると宣言した通り、ほかほかと湯気の立ち上る鮭とキノコのクリームシチューは絶品だった。幸せだ。

後片付けは由貴も手伝い、ちょうどプウが目覚めたので餌《えさ》やりも一緒に手伝わせてもらった。

サークルで囲った中にプウを放してお食事タイムだ。

普段の食事は市販の牧草が中心だが、それに加えて体調や栄養バランスを考えて野菜を少し与えるのだという。

由貴は恭介に渡されたニンジンのスティックをプウに近づけた。プウは鼻をひくひくと動かしてすぐにかりかりと齧《かじ》りだす。

あっという間に食べてしまうと、まだ物足りないのか由貴の足元をグルグルと回り始めた。時々ピョンとジャンプもしてみせて、クルクル回る。おねだりをするように由貴の足に擦り寄って鼻先でツンツンしてくる。その仕草が物凄くかわいい。両親があまり動物好きではないので、今まで一度もペットを飼ったことのない由貴にとって、それは初めて覚える感動だった。自分に懐いてくれるというのは思ったよりも嬉しい。

「ご機嫌だな」と、恭介も脂下がっている。

店の厨房で忙しく動き回る恭介からは、こんな甘ったるい表情は想像できないが、きっと彼にとっては仕事の疲れを癒やしてくれるのがプウなのだろうと思った。

「由貴、これをもう一本」

あまりにも自然だったので、一瞬聞き流してしまいそうになった。恭介に初めて名前を呼んでもらった気がする。嬉しくて、ふわっと体温が上がる。

ドキドキしながら受け取ったニンジンスティックをプウに近づけると、プウがいきなり後ろ肢でむくっと立ち上がってみせた。そのまま立っちした状態でかりかりとニンジンを齧り始める。

「うおっ、また出たぞウタッチ！」

恭介が興奮気味に叫ぶ。すぐさま携帯電話を構えて言った。

「由貴、ちょっと屈《かが》んでこっち向け。プウはそのまま食べてていいぞ」

由貴は言われた通りにニンジンの位置は保ったまま、膝を曲げる。シャッター音が鳴った。

恭介が満足そうに「よし」と頷く。

「俺と二人の時はこんなことしてはくれないのにな。やっぱりお前には何か通じるもんがあるんだろうなあ。まだ会ったのは二回目なのに、すっかり気を許して甘えてる」

立て続けに写真を数枚撮りながら、恭介が笑って言った。

「もりもりとこいつもよく食べるだろ。お前とそっくり。ちょっと拗《す》ねても、餌をちらつかせるとほいほいと寄ってきて現金に飛び跳ねるんだよ」

それはどういう意味だろう――由貴は、夢中でニンジンを齧っているプウを見つめて複雑な気持ちになった。食事に誘われては喜んで付いていく、かつての自分の姿が重なる。

脳裏に蘇ったのは先ほどの西内とのやりとりだ。

――何か、最近の桃山くんはちょっと変わったよね。

由貴としては普段通りにしているつもりだった。けれども、西内の目にはそうは映らなかったらしい。素っ気ないと言われてしまった。

以前の自分はどんなふうに彼に接していたのだろうか。――思い出せない。自分の何が変わったのかがわからない。食事の誘いを断りはしたものの、その他は司書として精一杯勤めているつもりだ。無意識のうちに何か不快な思いをさせてしまっていたのだろうか。

ひょっとしたら由貴が変わったと感じている人は他にもいるかもしれない。

「おい？　どうした」

恭介の声で、現実に引き戻された。ハッと見ると、もうプウはニンジンを全部食べ終わっていた。まだくれるのかなと、期待に満ちた目で由貴を見上げている。

「今日はもう終わりだ。はしゃいであんまり食べ過ぎるとおなか壊すからな」

指先で頭を撫でながら、恭介がプウに言い聞かせる。プウはちょっと不満そうにブッブッと鼻を鳴らして、ご主人様の指をはみはみと甘噛みしていた。

「どうした、ぼんやりして」

恭介が由貴に訊ねてくる。

「……さっきの、西内さんのことを考えてました」

「何をだよ」と、隣にしゃがんだ恭介が怪訝そうに由貴を見やった。

「最近、態度が素っ気ないって言われて。自分では全然意識してなかったけど、もしかしたら図書館を利用してくれる他の人たちに対しても、適切な対応ができてなかったんじゃないかと思って」

「それは違うだろ」

即座に否定された。

「あの男は、今まで誰彼構わず無防備に愛想を振り撒いていたお前に、少し警戒心が生まれて隙が減ったって言いたかったんじゃないのか？　ただの言いがかりだ。気にするな」

恭介がプウを抱き上げて続ける。

「今まで隙だらけだったお前が、急に仕事とプライベートを分け始めたから焦ったんだろ。あの手のタイプは周到に計画を練ってたんだろうよ。お前を手懐けるつもりが、逆に逃げられて躍起になったんだ」

愛兎の柔らかな獣毛を撫でながら、フンと鼻を鳴らした。

「まあ、隠していた正体がばれたことだし、釘も刺しておいたから今後はしつこくつきまとうことはないと思うけど。もし何かあったらすぐに言えよ。一人で何とかしようなんて絶対に考えるな。俺が力になるから、頼ってくれ」

プウに頬擦りをしながらさらっと言ってのけた恭介を、由貴は目を丸くして見つめた。こちらを向いた彼が「何だよ」と、不思議そうに首を傾げてみせる。

慌てて首を左右に振った。だが、顔がボッと火を噴いたみたいに熱くなって、酷くいたたまれなくなる。胸が高鳴って苦しいくらいだ。

どこか困ったような顔をした恭介が手を掲げた。由貴の頭をぽんぽんとする。

「あんまり悩むな。あと、そういう顔も外ではやめとけ。たとえお前にその気がなくても、そんなうるうるした目で相手を見つめてたら勘違いされても文句は言えないぞ。お前、下手すりゃそこらへんの女よりかわいい顔してるんだから。……時々、男でもグラッとなる」

「え?」

ドンッと、いきなりプウの顔面が視界一杯に広がって、思わず由貴はビクッとした。

「ちょっとこいつを抱いていてくれ。ケージの掃除をするから」

「――あ、はい」

急いでプウを引き取った。ケージからトイレを取り出す恭介を見つめていると、ふと彼が言った。

「そういえば、最初は俺の顔を見ただけであんなにビクビクおどおどしてたのに、今はもうここに平気で遊びにくるようになったな。俺のことが怖くなくなったか？」

「全然怖くないですよ。だって恭介さん、本当はすごく優しい人だし」

正直に答えると、恭介が一瞬押し黙る。

「……一度心を開いたらとことん懐くところも、うさぎと一緒だな」

ふっとおかしそうに笑った。

「明日はどうする？　店に来るか？」

「はい、行きます」

「わかった。じゃあ、明日はニンジン多めのメニューにするかな」

手早く掃除をする恭介の背中を見つめながら、由貴は思わずプウを抱きしめる。

他の人から食事に誘われると困るのに、恭介に誘われたら心が弾んだ。他の人に触れるといい気分がしないのに、恭介に頭をぽんぽんとされただけで心臓がはちきれそうになる。

――そんなうるうるした目で相手を見つめてたら勘違いされても文句は言えないぞ。

ドキドキしながら恭介の後ろ姿を見つめる。

彼になら勘違いされてもいいのにと、なぜだかその時の由貴はそんなことを思ってしまった。

■5■

深見恭介という男は、同性の由貴から見てもやはりかっこいい。

人目を惹く華やかな容姿とすらっと引き締まった長軀は文句なしに魅力的だし、その上料理上手で、ああ見えて飼いうさぎを溺愛している。白うさぎのプウをかわいがる脂下がった顔は、外では見られない表情だ。そのギャップが彼の印象を更にプラスに押し上げる。王子然とした見た目に反して口が悪く思った事をズケズケ言うところは、裏を返せば嘘がなく正直だということ。優男《やさおとこ》風の中身は男気に溢れている。

それに、本当はすごく優しい。

——もう遅いから送っていく。今日は一人で夜道を歩きたくないだろ。

昨夜、そろそろお暇しようとした由貴に、恭介が言ってくれたのだ。わざわざ外出させるのも悪いので断ろうとしたが、口調はぶっきら棒なのに有無を言わせない何かがあった。由貴自身、内心は若干心細かったことを否定できない。いい年をした男なのにそんな情けない気持ちを見透かされて恥ずかしいような、気遣ってもらえて嬉しいような変な気分だった。

今日も仕事が終わったら【Ｍｏｕ】に行く予定だ。

西内がいつも図書館に姿を現すのは、仕事帰りの大体六時半前後。昨日の今日ではさすがに来ないだろうと思いつつも、油断は禁物だった。

恭介にはなるべく同僚と一緒に図書館を出るよう言われている。昼間は人通りも多く見通しがいいが、夜になると公園の植え込みやベンチ、駐車場や駐輪場の物陰など、建物の周辺は案外と待ち伏せできる死角がいっぱいあることを知る。恭介に注意されてからは、由貴もそれまでぼんやりと歩いていた道でも気を引き締めるようになった。

時計を見るとそろそろ六時になろうかという頃だった。

十月も中旬を過ぎると気温がぐっと下がり、すでに日は落ちて薄暗い。館内は明かりがついているせいか、ふと窓の外を見て真っ暗なのに気づくとびっくりすることがよくある。逆に春から夏にかけては、外の明るさに驚かされることもあった。

隣の緑地公園の木々が視覚に季節の移り変わりを教えてくれるのも、この図書館の魅力の一つかもしれない。これから楓《かえで》や公孫樹《いちょう》がますます色付く時期だ。

そういえば、最近読んだミステリー小説にも公孫樹のエピソードが出てきたなと思い出していると、エプロンのポケットで携帯電話がムームーと震え始めた。

電話だ。画面を確認して驚く。アパートの大家さんからだった。

賃貸契約以来、電話がかかってくるのは初めてだ。何だろうか。

「もしもし？　桃山ですが」

急いで電話に出ると、久々に聞く大家さんのだみ声が耳に飛び込んできた。

『ああ出た、桃山さん？　今どこ？　お仕事？　部屋にはいないよね？　大丈夫だね？』

随分と焦った声が矢継ぎ早に訊いてくる。周囲の雑音も騒がしい。

「はい、職場ですけど……あの、どうかしたんですか？」

話が見えなくて戸惑う由貴に、彼は興奮状態でその話を告げたのだった。

『実はね、アパートに車が突っ込んじゃったんだよ！　もうね、ぐっちゃぐちゃ！』


事故の原因はブレーキとアクセルの踏み間違えらしい。

住宅地の往来を走っていた高齢者の車が道を間違え、ブレーキを踏むつもりでアクセルを踏み込み、そのまま直進してアパートに突っ込んだという話だった。

大家さんの電話を切った後、館長に事情を説明して急いで帰宅すると、想像以上に酷い有様になっていた。

おんぼろアパートの周辺は交通規制されていて、パトカーや救急車も止まっている。野次馬も大勢集まっていて、大家さんを探すのも一苦労だった。

「大家さん！」

人垣を必死に掻き分けてどうにか前線に出た由貴は、ようやく警察官と話している大家さんを発見した。

振り返った彼が由貴を見て指を差す。

「ああ、来た来た！　桃山さん、無事でよかったあ」

由貴の父親よりも年上の大家さんが、ホッとしたように言った。

「ごめんねえ、桃山さんの部屋が一番被害が大きくてね。ちょうど端っこでしょ。そこのブロック塀に突っ込んでそのまま乗り上げてるから、窓が割れて部屋の半分まで車が突き刺さってる感じなんだよ」

「運転していた人は大丈夫だったんですか？」

「幸い意識はあるみたいだから、今救急車に乗って、これから病院に運ばれるんじゃないかな……」

そう話したところで、ピーポーピーポーと救急車がサイレンを鳴らして発車した。

由貴たち住人も警察官にいろいろと話を聞かれている間にレッカー車が到着し、ローカルテレビ局のカメラまでやって来て、てんやわんやの大騒ぎだった。

半壊状態のこのアパートにはもう住むことができない。

築四十年の古い建物なので、取り壊すことになるだろうと大家さんはがっくりと肩を落としていた。

困ったのは由貴を含めた住人たちだ。アパートに住めないとなると引っ越しをしなくてはいけない。突然の事態に由貴は途方に暮れた。

徐々に野次馬も引いていき、誰かが大家さんと家賃の話をしている。それぞれが携帯電話を手に事情説明しているらしく、あちこちから同じような単語が聞こえてきていた。

とりあえず自分も今夜の宿泊先を確保しなくては――そう頭では思うのに、なかなか体が動かない。ビニールシートで覆われたアパートをぼんやりと眺めていた時だった。

「由貴！」

聞き覚えのある声がして、由貴はハッと我に返った。振り向くと、人を掻き分けながら猛スピードで走ってくる人影が見える。

コックコート姿で駆け寄ってきたのは恭介だった。

「恭介さん……！」

息を切らして目の前に立った彼が、由貴を見てホッと安堵《あんど》したように言った。

「よかった、無事だったか」

脇腹を押さえながらぐったりと項垂《うなだ》れる。

「恭介さん、大丈夫ですか！」

由貴は慌てて彼の肩を支えようと手を伸ばした。その手を摑んで、恭介が由貴の肩口にもたれかかるようにして額を押し付けてくる。

「……はあ、はあ、もうとっくに図書館は閉館している時間なのに、なかなかお前が姿を見せないから心配してたんだ。そうしたら、店に来た客が事故の話をしだして、それがお前が住んでるアパートの名前と同じだったから、びっくりして飛んできたんだよ。電話も全然つながらないし」

話を聞いて、由貴は大きく目を見開いた。急いで携帯電話を確認すると、確かに恭介から何度も電話がかかってきていた。

「ごめんなさい。ケータイを鞄の中に入れてて、気づきませんでした。事故があった時は俺もまだ仕事中で、図書館にいる間に大家さんから電話がかかってきたんです。それから急いでここに戻ってきて、ずっと大家さんや警察の人と話をしてたから……」

今日も【Ｍｏｕ】へ行くつもりで恭介と約束していたのに、バタバタしていてすっかり忘れていた。

「すみません、お店に行けなくて。待っていてもらったのに」

「そんなことはどうでもいい。万が一、お前がアパートに帰宅していて事故に遭っていたらどうしようかと本気で焦った。お前は何ともないんだな？」

「はい。ピンピンしてます」

肩口で、恭介が大きく息を吐く。

「……そうか。だったらいいんだ」

吐息混じりの声で言いながら、背中に回した彼の手がぎゅっと由貴をきつく抱き寄せた。

鼻先に恭介の首筋が掠って、思わずドキッとする。コックコートからは様々な調味料が混じった美味しそうな匂いがした。もう閉店間際だが、大事な店を投げ出して駆けつけてくれた彼に心の底から感謝する。こんな時なのに胸が高鳴って仕方ない。

「あ、あの、ご心配をおかけしてすみませんでした」

「……ん」

短く言って、恭介がもたれかかっていた上体をゆっくりと起こした。腕を持ち上げて、由貴の頭をぽんぽんとする。ちょうどいい位置に頭があるからかもしれないが、何だかそれが彼の癖《くせ》のようになっていて、子どもを宥《なだ》めるような仕草にもドキドキしてしまう。

「そういえば、お前どうするんだ。この状態じゃ、もうここには住めないだろ」

「ああ、はい。そうなんです。えっと、しばらくはどこかに……」

「桃山さん、ちょっと」

大家さんに呼ばれて、由貴は話を中断した。

「はい?」

「桃山さんは今夜はどこか泊まるところがあるの？　ここは警察の人が一晩居てくれるっていうから、明日になってからいろいろと運び出してもらえるかな。もう真っ暗で、建物も古いから下手に入れないんだよ。崩れでもしたら危ないしね」

「あ、わかりました。えっと、職場の同僚の家にでも泊めてもらいますから、大丈夫です」

「そう、よかった。もし何かあったらうちに電話して。二人ほどうちに泊めることになったから、狭いけどもう一人くらいなら何とかなるよ」

「ありがとうございます。ちょっと電話をしてみますので……」

数少ない男性職員の顔を思い浮かべる。駄目なら館長に連絡して、図書館の事務室にでも泊まらせてもらおう。携帯電話を操作しかけた時だった。

ぐっと手を掴まれて、止められた。

「彼はうちに泊まってもらいます」

「え？」

由貴は驚いて顔を撥ね上げる。恭介がチラッとこちらを見て、大家さんに言った。

「桃山くんにはいつもお世話になってますので、困った時はお互い様です。では明日、荷物を引き取りに来ますので、よろしくお願いします」

礼儀正しく一礼する恭介の美貌をまじまじと見上げて、大家さんが「はあ、あんたいい男だねえ」と感嘆のため息を吐いた。

「桃山さん、よかったねえ。それじゃあ、今日は本当に申し訳ない。明日また改めて補償のこととか話し合って決めるから。本当にごめんね」

大家さんが去っていく。

取り残された由貴は、おろおろしながら恭介を見た。

「あ、あの……」

「何で俺がここにいるのに、わざわざ他の奴に電話かけようとするのか理解できねえ」

ギロッと睨み返されて、思わずビクッとする。

「俺んちに来るのは嫌なのかよ」

「とっ、とんでもないです……っ」

由貴は慌てて首を左右に振った。

「でも、チケットの代金もまだ全部返してないのに、これ以上恭介さんにご迷惑をおかけするわけには……」

「そんなことを気にしてたのか？」

恭介が呆れたように言った。

「お前からチケット代を取り立てるつもりは最初からなかったよ。あれは葉一が全額親に返済することになってる。今頃、必死にバイトを掛けもちしてるはずだから、もう気にするな。とりあえず昨日は受け取ったけど、すぐに返すつもりだったし。それに、聞いていた金額よりも多めに入ってたぞ」

「あ、それは昨日ごちそうになったので、その分を入れておきました」

一瞬、恭介が虚を衝かれたような顔をした。苛立ったように頭を掻き毟《むし》り、深々とため息を吐く。

「プライベートで招いた相手から金なんか取るかよ」

「きょ……ふがっ」

突然鼻を摘まれて、由貴は目を丸くした。

「しつけがなってないな。プウの方がもっと甘え上手だぞ。毎日うちの店に来てくれるだけでもありがたいんだから、俺にはおかしな気を遣うな。他の人間だったら考えるが、お前はプウのお気に入りなんだ。あいつもお前がうちにいたら喜ぶ。同居する相手としては申し分ないだろ」

「…………」

「うちに来いよ」

パッと鼻を摘んでいた手が離れた。

じっと恭介が見つめてくる。目線で返事を促されて、由貴は唐突に高鳴り始めた胸にどぎまぎしながら答えた。

「あ、ありがとうございます。お世話になります」

恭介がニッと端整な顔に笑みを浮かべる。「よし」と満足げに言って、由貴の頭をくしゃくしゃと優しく混ぜてきた。

■6■

三度目の自宅訪問は、前日訪れた時よりも更にドキドキした。

まずは店を抜け出してきた恭介と一緒に【Ｍｏｕ】へ行き、食事をご馳走になった。もう店内に客はおらず、鈴谷が掃除をしながらオーナーの帰宅を待っていた。由貴の事情を知って「大変でしたねえ」と同情してくれながら、なぜか彼も一緒になって恭介の作った料理を平らげて帰っていった。

恭介の自宅の間取りは１ＬＤＫだ。

寝室は当然家主の彼が使い、由貴はソファを貸してもらうことにした。

——ベッドを使えばいいだろ。何を照れてるんだよ。一緒に寝た仲なのに。

そんなふうに恭介に揶揄われて、由貴は顔を熱くしながら必死に首を振って断った。一人暮らしなのにダブルサイズのベッドを見せ付けられた瞬間、なぜだか無性に恥ずかしくなって焦ったのだ。

恭介にとっては、由貴もプウも一緒なのかもしれない。だが、由貴は違う。プウと一緒に寝るのはいいが、恭介は駄目だ。最近、妙に恭介を意識してしまう瞬間があることを、自分でも変だなと気にしていた。

――ゆっくり眠れよ。おやすみ。

――……おやすみなさい。

電気を消して寝室に入る恭介を見送った後、由貴はソファの寝床に横になる。だが、どういうわけか神経が昂《たか》ぶったままでなかなか寝付けない。

頭の中で何度も恭介の「おやすみ」がリピートされて、そのたびに胸が高鳴る。

まさかこんなことになるとは思ってもみなかった。どう説明していいのか自分でもわからない感情を持て余し、由貴はしばらくの間、ブランケットを頭から被って身悶えていた。ヒツジを数えているうちに、いつの間にか柵を飛び越えていたヒツジがプウに代わり、頭の中で大量のプウがぎゅうぎゅう詰めになってきた辺りでようやく意識が途切れた。

翌日は、朝から恭介に付き合ってもらって、アパートに荷物を取りにいった。

明るくなってから改めて車の突っ込んだ建物を眺めると、なかなかの惨事だった。見張りをしていた警察官に付き添ってもらって、部屋の中に入る。幸い、正面の道路側から突っ込まれたので、被害は玄関と台所付近に集中していた。奥の六畳間は無事で何とか必要なものはすべて運び出すことができた。

恭介が車を出してくれて、そのまま荷物を積み込みマンションへ引っ越す。

ドキドキする。本格的に同居生活が始まってしまった。

よく人から「寂しがりやだろう」と揶揄われることが多いが、由貴自身はゴハンを誰かと一緒に食べたいだけで、一つ屋根の下で他人と生活を共にするという発想はまったくなかった。シェアハウスなどに興味をもったこともない。

家族以外の誰かと一緒に暮らすのは恭介が初めてだ。

最初はいろいろと勝手がわからず緊張の連続だったが、徐々に恭介の生活スタイルがわかり動線が読めてくると、彼の邪魔をしないようにどう動けばいいのかが自然と摑めてきた。

プウの世話の仕方も教えてもらい、今はもう餌やりや掃除を任されるくらいだ。料理ができないので、家の中のことは掃除や洗濯を由貴の担当にしてもらった。役割分担をして自分にも仕事があると、共同生活をしているのだと実感する。窓ガラスに映った恭介の洗濯物を干している自分の姿が何だか妙に気恥ずかしく、その反面嬉しかった。

朝は一緒に家を出て、それぞれの職場へ向かう。

終業後に図書館を出た由貴が、【Ｍｏｕ】へ直行するのは以前と同じだ。

いつものカウンター席に座って、恭介の料理を食べ、彼が仕事を終えるのを待って二人で帰るのが日課になった。

合鍵をもらっていたが、何となく一人で先に帰るのは嫌だった。邪魔はしないからと、閉店まで居座る由貴を、恭介は呆れつつも許してくれていた。

恭介の働く姿を見るのが好きだ。コックコートを身につけた恰好も好きだし、鍋を豪快に揺すったり、フライパンを器用に返したり、鮮やかな手つきで繊細な盛り付けを完成させる瞬間を目で追いかけるのも楽しい。

——あの生意気な白うさぎよりも、よっぽど由貴さんの方がご主人様に従順なペットみたいですよね。

悪気のない鈴谷に言われて、なるほどペットか——と、思った。

恭介はよく、プウと遊んでいる由貴を眺めて「癒やしが二倍になった」と、冗談か本気かわからないようなことを言っている。

恭介がプウと出会ったのは偶然だったそうだ。

当時の恭介は、働いていたレストラン内での人間トラブルに巻き込まれてうんざりしていた。仕事とはまったく関係のない色恋沙汰に、オーナーシェフからその実力を認められていた若手の恭介に対する同僚たちの嫉妬、嫌がらせ。

ストレスが溜まりに溜まっていた頃、知人を介してちょうど里親を探していたプウと出会ったのだ。

それまでペットに興味のなかった恭介だったが、その時は即決したという。それ以来、恭介にとってプウは大事な相棒で、何よりの癒やしなのだ。

そんな恭介は、時々おかしな行動をとる。

由貴が膝の上でプウのブラッシングをしていると、突然やって来てプウをひょいと抱き上げ、代わりに自分の頭を空いたそこに乗せてくるのだ。由貴の膝枕でくつろぎながら、プウの柔らかな被毛に顔を埋《うず》めて、「あー、癒やされるぅ」と幸せそうに唸《うな》っている。

しかし彼のその気紛れのせいで、由貴は癒やされるどころか、毎回心臓がへんなふうに脈打って大変なのだ。

――人間でこんなに癒やされる相手に初めて会ったな……。

無防備な恰好でそんなふうに言われてしまうと、ますます動悸が激しくなって困った。

いっそ、プウみたいにうさぎになってしまいたいとさえ思う。

恭介に構われると、自分でもおかしいとわかるくらいにドキドキするのだ。体温がぶわっと急激に上がり、頬が熱くなる。その異変がすぐ傍にいる恭介にまで伝わることを想像して、変に思われたらどうしようかと不安になるくらいだった。

何でこんな気持ちになるのだろうか。初めてのことで、どう自分の感情と向き合っていいのかわからない。

今までの由貴は、角が立つことのないよう、みんなと仲良くできたらそれが一番いいのだと思っていた。

それが最近、誰でもいいからとりあえず繋がっていたいという考え方から、特定の一人とより深い関係を築きたいという方向へ思考が変化してきたことに気づく。

恭介にビシッと叱ってもらったことが、由貴にとって大きな転機だったに違いない。

自分でも何かが少しずつ変わってきているのがわかる。

それまでまったく接点のなかった彼と出会えたことは幸運だった。懐いていると言われれば、その通りだと大いに納得できる。

恭介とずっと一緒にいられたらいいなと思う。

でも、由貴はただの居候だ。いつまでも恭介の世話になるわけにはいかないから、近いうちにここから出て行くことになる。それは仕方ない。別に居場所が変わったからといって、急に縁が切れるわけではないのだけれど——せっかく近付いたこの物理的な距離感が、今の由貴には何よりも大事に思えた。どうしても手離したくないと考えてしまう。

だから、きっとこれからもずっと彼と一緒のプウが羨ましくて仕方ないのだ。

毎週月曜の図書館休館日は司書も休みだ。

その日、由貴は仕事に出かける恭介を見送った後、溜《た》まっていた家事をすることにした。天気がよく、洗濯日和《びより》だ。

由貴も恭介も土日は基本仕事である。【Ｍｏｕ】の定休日が水曜なので、なかなか恭介とは休日が合わない。

しかし、一緒に暮らしていれば少なくとも毎日朝と夜に顔を合わせることになる。由貴は休日も普段通りに起きるクセがついているのだが、恭介は反対に休みの日は朝がゆっくりだ。それでも由貴の出勤時間に合わせて起き出し、パジャマ姿で朝食を作ってくれるのが嬉しかった。

申し訳ないのでそこまでしなくてもいいと言うと、恭介は少し不満そうな顔をして由貴の鼻を摘んできた。

――俺が好きでやってるんだから変な気を遣うな。今までは相手に合わせるのが面倒で一人で好き勝手してる方がラクだったけど、最近はこういう生活も悪くないって思うんだよ。

そう楽しそうに言いながら、お弁当まで持たせてくれるのだ。自分は恭介の特別だと言ってもらえているみたいで嬉しかった。由貴にとってはすでに恭介が他の誰とも違うのは明らかで、特別な存在になっている。

朝は一緒に食卓を囲み、昼は手作り弁当で恭介を思い出す。夜は【Ｍｏｕ】で食べることに決めているし、由貴の胃袋は百パーセント恭介の料理で満たされている。もう食事中に寂しいと思うことはなかった。

たまたまいろいろな要素が重なって、偶然そういう流れになったのかもしれないが、恭介は由貴の欲しいものを与えてくれた人だった。恭介のために何か自分にできることはないだろうか。何をするにも恭介の顔がまず頭に浮かぶ。恭介が笑うと由貴も嬉しい。恭介に笑ってもらいたくて、何か喜んでもらえるようなことをしたくなる。できることならこの先も、恭介の笑顔を隣で見ていられたらいいのにと思う。こんな時間がずっと続けばいい。

今日はランチも【Ｍｏｕ】で食べる予定だ。

恭介と約束をしたので、それまでに家の中のことを済ませてしまう。

プウをサークルの中で遊ばせながら、ケージの掃除を手早く行う。プウが由貴の足元をぐるぐる回って、遊んでくれとせがんできた。

「ちょっと待っててね。これが終わったらうさんぽに行こう」

うさぎを外で遊ばせることを「うさんぽ」というらしい。「うさぎ」と「さんぽ」を組み合わせて作った言葉だ。恭介から聞いて初めて、そんな合成語があることを知った。

うさぎは犬のように頻繁に散歩に出かける必要はないが、たまにはストレス発散になるので広い環境で遊ばせるのはいいことらしい。

先日、恭介と一緒にプウをうさんぽに連れて行って、どういうものかを学んできたのだ。

体温調節が苦手なうさぎにとって、比較的涼しく過ごしやすい春と秋がうさんぽに適した時期だという。秋晴れの空が広がる今日は、うさんぽにもってこいだった。

「プウ、お出かけの準備をしようね」

支度をしてプウにハーネスを装着する。ハーネスとはリードを取り付ける部分が付いている服のようなもので、背中にのせて首と腹回りをバックルで調節する。跳びはねるうさぎを放し飼いにしないよう、うさんぽには必要なアイテムだ。

ハーネスが苦手で暴れるうさぎも多いそうだが、プウはもう慣れっこだ。由貴の膝にのっておとなしく装着。プウのハーネスはオレンジ色の水玉模様で、かわいらしいニンジンのチャームがついている。白い被毛に映えてよく似合っていた。

「いいこだね」と頭を撫でてやると、プウが『そうでしょ？』とでも言うように、誇らしげに鼻先をくいっと由貴に向けてくる。その仕草が何ともかわいくてほんわかする。

プウにはキャリーに入ってもらい、給水ボトルとおやつを持ってマンションを出た。

うさんぽのコースは、恭介の自宅マンションから南方向へ少し歩いたところにある川沿いの空き地だ。うさぎの外敵になる犬や猫があまり通らず、なかなかの穴場なのだと恭介が言っていた。知らない相手に見られたり触られたりすることも、うさぎにはストレスになるので、子どもが学校に行っている間の午前中がベストなのだそうだ。

空き地には誰もいなかった。

由貴はキャリーを開けてプウを外に出してやる。リードをつけて放すと、途端にぴょんぴょん跳ねて辺りを走り回り始めた。広い場所で遊べて嬉しいのだ。『こっち、こっち』と、リードを持つ由貴をぐいぐい引っ張るほどのはしゃぎっぷりだ。

しばらく好きに遊ばせた後、土手に引き上げて水分補給をした。

恭介が用意してくれたおやつの野菜スティックを食べさせてやる。膝の上でセロリをポリポリ齧るプウを、目を細めて眺めていた時だった。

「あれ？　もしかして、プウ？」

ふいに声が聞こえてきた。

由貴はぎょっとして振り返る。パンツスーツ姿の女性が足を踏み出そうとした恰好で立ち止まり、首だけをこちらに向けていた。年は三十手前くらい。背中まである長い髪を緩く波打たせた、スタイル抜群の美人だ。

誰だろう――由貴は咄嗟に膝のプウを自分の方へ引き寄せた。

どうしてプウの名前を知っているのだろうか。

警戒心を強める由貴を、その彼女はじろじろと無遠慮に見つめてくる。居心地の悪さに思わず腰を上げようとした時、唐突に彼女が何か思い当たったような口ぶりで訊いてきた。

「あなた、恭介の彼女？」

「……え？」

由貴は一瞬きょとんとした。恭介の名前が出たことにも驚いたが、「彼女」という単語の響きに動揺する。

次の瞬間、なぜかカアッと頬が熱くなるのが自分でもわかって焦った。

「――あ、あのっ、俺、男です」

「え？」

今度は彼女が面食らったような顔をしてみせた。

「ああっ、ごめんなさい！　そうか。そういえば、声が低いわよ、ね？」

言いながら、目はまだ半信半疑だ。マスカラを重ねた睫《まつげ》毛をパチパチと瞬かせて、興味深そうに由貴の顔を凝視してくる。

「かわいい顔をしてるからてっきり……悪気はないのよ、許してね」

にっこりと微笑まれて、由貴は一瞬押し黙ってしまった。自分の美貌をよくわかっている笑い方だなと思う。微かな既視感を覚えて戸惑ったが、すぐにそれが恭介に似ているのだと気づいた。初めて彼と出会った時も、由貴はこんなふうに感じのいい微笑みを向けられたのだった。すぐに化けの皮が剝がれて鬼王子になってしまったのだけれど。

「……いえ、気にしてないので。大丈夫ですから」

由貴はかぶりを振った。

「あの、恭介さんとプウをご存知なんですか？」

おずおずと訊ねると、彼女がにっこりと頷く。

「昔、ちょっとね。まさかこんなところでプウに会えるとは思わなかったわ。実はこのハーネス、私が買った物なのよ。プウ、まだ使ってたのねえ」

由貴の隣にしゃがみこみ、プウの頭を撫でようとした。しかしプウは警戒して耳を立てていると、彼女の手を拒むように由貴の腹へ顔を埋めてくる。

「あら、私のことを忘れちゃった？」

彼女は軽く言ってすぐに手を引っ込めた。うさぎの扱いをわかっているふうだった。

由貴にしがみつくプゥの背中を撫でて、大丈夫だよと宥めながら問いかける。

「あの。失礼ですけど、あなたは……？」

少し声が尖《とが》ってしまった。彼女も敏感に感じ取ったのか、「そうだったわ」と急いで鞄の中から名刺を取り出して、由貴に渡してきた。

「雑誌編集者をしてます、真野《まの》といいます」

「編集者さん？」

受け取った名刺の肩書きは確かにそう書いてある。しかも大手出版社だ。

びっくりして顔を上げると、真野は「知ってるかな？」と、ある情報誌の名前を挙げてきた。それを聞いて更に驚く。もちろん知っているし、図書館の雑誌コーナーには毎月新刊を置かせてもらっているからだ。

「はっ、はじめまして。桃山といいます」

慌てて挨拶をすると、真野はにっこりと笑って言った。

「桃山くんは、恭介の知り合いなの？　すごいね、プゥの世話を任せてもらってるんだ？」

「えっと……わけあって今、恭介さんのお宅にお世話になっているんです」

事情をかいつまんで説明すると、真野が「そうなの？」と目を瞠って言った。

「それは災難だったわね。そっかあ、それで桃山くんは今、あいつの家で一緒に暮らしてるんだ？　プウもすっかり懐いてるもんねえ。でも、ちょっと意外」

「え？」

「ほら、あの男ってマイペースっていうか……あんな顔してズケズケ物を言ってくるし、口悪いし、無神経でさ。同居とか同棲とか絶対に向かないタイプだと思ってたのに」

真野の口調が急にトゲトゲしくなったかと思うと、突然ハッと我に返ったみたいに慌てて口を閉ざした。「ごめんごめん」と誤魔化すように笑う。

「真野さんは——……恭介さんと、仲がいいんですか？」

半ば無意識の問いかけに、由貴は自分で訊いておきながら俄に焦った。真野がきょとんとした顔で由貴を見てくる。くすりと笑って言った。

「実は、二年くらい前まで付き合ってたのよね」

「え！」

由貴は思わず声を上げた。

「すごい、大きな目。羨ましいくらいだわ。プウのことを知ってたのはそういう理由よ。でも本人にはあまり訊かない方がいいわよ。最後は大喧嘩して別れたから。ここで会ったことは内緒ね。あ、このニンジン」

真野がプウのハーネスに付いたチャームを見て、懐かしそうに目を細めた。

「これね、会社の近くのお店で見つけたのよ。かわいいから一目惚れしちゃって、そのままレジに持っていったの。プウ、物持ちがいいね。よしよし、いいこ」

彼女の嬉しそうな横顔を間近に見て、由貴の中で何かわけのわからない焦燥感のようなものが込み上げてくる。

その時、真野の携帯電話が鳴った。

なぜか由貴がビクッとしてしまい、連動するようにプウまでがビクッと震えた。

真野が立ち上がる。相手は仕事の関係者だろう。短い通話を終わらせると、「桃山くん、ちょっと訊いてもいいかな」と彼女が言った。

「この辺に【Ｍｏｕ】ってビストロがあるはずなんだけど。その子の飼い主が経営しているお店。桃山くん、場所わからない？　ナビを見ながら歩いていたんだけど、何でだかこんなところに出ちゃって」

その店名を耳にした瞬間、ざわっと胸の表面が毛羽立ったような気がした。

「……知ってます。でも、もっと向こうの方ですよ。こことは反対方向で」

「え、そうなの？　私、本当に方向音痴だから。もー、このナビも役に立たないわね。ごめん、詳しく教えてくれる？」

真野が手帳を開いて差し出してきた。由貴はボールペンを受け取り、白いページに地図を書き込む。もうすっかり通い慣れた道なので全部頭に入っている。住宅街の路地裏にある店だから、初めての人にはなかなか分かりづらい場所かもしれない。目印になる建物を書いて、少し遠回りになるが入り組んでいない一番わかりやすい道を選んで記した。

「ありがとう！　ごめんね、うさんぽ中に邪魔しちゃって。それじゃあね、桃山くん。プウもバイバイ」

相変わらずプウは由貴の脇腹に顔を埋めていたが、真野はまったく気にしていない素振りで、にこやかに手を振り去っていった。

「プウ、もう大丈夫だよ。あの人、行っちゃったよ」

頭を撫でてやると、プウが『ホントに？』という目でちらっと見上げてくる。由貴は頷くと、プウを抱き上げて膝の上に座り直させた。ピンと立てた耳を忙しなくあちこちに向けて音を探っていたようだが、やがて警戒心を解いたようにパタンと耳を倒す。もぐもぐと口を動かして、甘えるように由貴の膝に伏せる。

プウの頭を撫でながら、由貴は真野の言葉を思い出していた。

――実は、二年くらい前まで付き合ってたのよね。

先ほどからずっと胸がざわざわとしている。

恭介と真野が並んだ姿を想像して、気分が沈んだ。美男美女カップルだ。想像の中だけでもすごくお似合いだとわかる。だがなぜか、素直に認められない自分がいる。

真野は今頃【Ｍｏｕ】に向かっているはずだ。そこが恭介の店だと知っていた。何の用があって彼に会いに行くのだろう。

「プウ、ごめん。今日はもう帰ろう？　俺も、恭介さんのお店に行く約束してるから」

つぶらな眼がちらっと由貴を見上げてくる。『そうなの？　じゃあ、しかたないね』とでも言うように、プウがお尻を振りながら自らキャリーに向かって歩き出した。


外出して汚れたプウの肢を拭き、ブラッシングをしてからケージに入れてやる。

遊び疲れたのか、ブラッシングの途中で眠ってしまったので、そのまま寝かせておいた。

由貴は手早く支度をしてマンションを出る。急ぎ足で【Ｍｏｕ】へ向かった。

さすがにもう真野は到着しているだろう。まさかこの距離で迷子になっていないよなと少々不安を覚えつつ、扉を開けた。

「あ、由貴さん。いらっしゃい」

ちょうど入り口に立っていた鈴谷が、顔を覗かせた由貴に気づいて笑顔で迎えてくれた。

「そっか、今日は月曜ですもんね。図書館はお休みか。あーでも、実は今、由貴さんの指定席にお客さんが座っていて……」

鈴谷が困ったように言った。

「そうなんだ？　別に構わないよ。あ、もしかして満員？」

「いやいや、それはないんですけどね。ちょっとうるさいかもしれないです。どうぞ、奥のテーブル席へ案内します」

まだランチタイムが始まったばかりだ。恭介との約束より三十分も早く着いてしまった。入ってすぐのテーブル席には二組の客が座っている。キョロキョロとしながら鈴谷についていくと、カウンター席の人影が目に留まった。思わずぎくりとする。

真野だった。

彼女は身を乗り出すようにして、厨房に向かって何やら話しかけている。

「あのお客さん、実は雑誌編集者なんですよ」

由貴の目線を辿って、鈴谷がこっそりと教えてくれた。

「この店を取材させて欲しいそうなんですけどね。シェフがまったく乗り気じゃないから」

そう彼が言った直後、厨房の方から「しつこい！」と恭介の怒鳴り声が聞こえてきた。

「食べ終わったんならさっさと帰れ！　他のお客さんに迷惑だ」

一瞬、店内がシンと静まり返った。ガタンと音がして、恭介が奥から姿を現す。茫然とする真野の腕を摑み、「え？　ちょ、ちょっと！」と慌てる彼女を引き摺るようにして、店の外へ追い出してしまった。

一人で戻ってきた恭介は明らかに苛立った様子で厨房へ引っ込む。由貴の姿にも気づかなかったようだ。

「あーあ、やっぱりこうなった」

鈴谷が呑気《のんき》な声を聞かせた。

「シェフの怒鳴り声を聞くのも久々だな。前はしょっちゅうこんな感じでしたからね」

呆れる一方でどこか楽しそうにも見える彼の様子に、由貴の方がおろおろしてしまう。

「大丈夫なの？　お客さんもびっくりしてるけど」

珍しく若い女性の二人組がいたが、美形シェフのまさかの乱暴な応対に呆気にとられていた。気まずそうに目線で会話をしている彼女たちの様子が由貴からも見て取れる。

「ああ、新規のお客さんですからね。タイミングが悪かったな、謝らないと。あっちの男性客は常連さんだから大丈夫そうですけど」

その隣に一人で座っていたスーツ姿の中年男性客は、鈴谷と同様どこかご満悦の様子で食事を続けていた。

「シェフは男性のファンが多いんですよ。あのカッコイイ顔で、普通の男が言いにくいことを面と向かって容赦なくバンバン言ってくれるから。女性には嫌がられますけど、男性には受けがいいんですよねえ。よくぞ言ってくれたってね」

「そうなんだ……」

確かに、女性客と男性客の反応の違いは一目瞭然だった。

「あ、まだいる」

ふいに鈴谷が窓の外を見て呟《つぶや》いた。釣られるようにして由貴も外を見やる。真野が携帯電話を耳に当てて、何やら話をしている。しかし視線は固定されていて、パンプスの踵《かかと》を浮かせるように背伸びして扉越しに店内を覗き込んでいた。

「あの人、シェフの知り合いみたいなんですよね」

鈴谷の言葉に由貴はハッとした。

「シェフもいつも通りのぶっきら棒でしたけど、他と違って気心の知れた相手という感じでしたし。あんなにシェフと対等に喋ってる女性を初めて見ましたね。前に一度、一緒に仕事をしたことがあるって聞いたけど、それだけじゃない気がしますねえ。美人だし」

勘のいいことを口にする鈴谷に、思わずドキッとする。気心の知れた相手という表現が、なぜかショックだった。胸にちくりとトゲが刺さったような痛みを覚える。

「大抵の女性は、まずシェフの顔を見てポーッとなって、その後調子に乗りすぎたところを一気に罵声を浴びせられて、青褪めるか泣き出すかのどっちかですから。その点、あの記者さんはまったく動じてなかったですね。諦めが悪そうだし、たぶんまた来るだろうな」

由貴も同じことを考える。真野にとっても仕事なのだから、そう簡単に引けないだろう。

窓の外を見る。

まだ店先をうろうろしていた真野がふいにこっちを向いた。窓越しに目が合った気がして、由貴は咄嗟に顔を逸《そ》らす。

今までにない胸のざわつきに戸惑いながら、急いで水のグラスに口を付ける。恭介が真野の手を引く姿が脳裏に蘇り、しばらく頭から離れなかった。

7

由貴《ゆき》と鈴谷《すずや》が予想した通り、その後も【Ｍｏｕ《ムー》】で真野《まの》の姿を何度か見かけた。

鈴谷から聞いた話では、来月に隣市に大型複合商業施設がオープンするため、特集を組む企画があるのだそうだ。

そこでどうせなら周辺地域の観光名所や飲食店、名産品なども一緒に取材して一つのマップにしようということらしい。真野はおすすめのビストロとして【Ｍｏｕ】を紹介したいのだという。

しかし、恭介《きょうすけ》は頑として首を縦に振らず、駆け引きは続いているらしい。

恭介の機嫌が悪い時は、きまって真野が店を訪れていた。

家に帰る頃には恭介の機嫌も直っているのだが、最近はプウと戯《たわむ》れる時間が増えたような気がする。それに比例するみたいに、由貴の頭を撫《な》でる回数も増えた。

何の前触れもなく、ふと思い出しように手を伸ばして由貴のふわふわな髪を混ぜ返してくるのだ。じいっと由貴の顔を見つめながらの時もあれば、テレビを見つつ隣に座る由貴に手探りで触ってくることもある。

ソファで居眠りをしている恭介を起こそうとして、寝ぼけた彼にいきなり抱きつかれた時は、びっくりしてぎゃっと声を上げてしまった。

――……悪い。プウかと思った……。

恭介はまだぼんやりとした口調でそう言っていたが、由貴は心臓がはちきれそうなほど驚かされた。

また別の日、プウを撫でていた由貴を半ば強引に自分の膝《ひざ》に乗せて、「はあ、お前の体からはマイナスイオンが出ている気がする」と言い出した時は、さすがに緊張や興奮を通り越して心配になったくらいだ。

鈴谷の話だと、恭介は懲りない真野の襲撃のせいで大分ストレスが溜《た》まっているらしい。

彼女はここ何日かは仕事の話を一切せずにただ普通に食事をして帰るだけで、それがまた恭介の苛々《いらいら》を益々増幅させているようだった。

由貴が真野を見かけたのはディナータイムだったが、普段はランチタイムに現れることが多いそうだ。

それを聞いてからは、由貴も【Ｍｏｕ】で昼休憩を過ごすことが増えた。せっかく恭介が作ってくれる弁当を断ってでも、店に出向きたかったのだ。

今日も交代で昼休憩に入ると、すぐさま由貴は館長が使ってもいいよと譲ってくれた自転車に乗って店へと急いだ。

ドキドキしながら扉を開ける。

「いらっしゃいませ」

鈴谷が待ち構えていて、「そろそろ由貴さんが来る頃だと思ってたんですよ」と、ニッと笑った。

「どうぞ」と、案内される。カウンターのいつもの席が空いていて、由貴はホッと胸を撫で下ろした。今日は真野は来ていないらしい。

「由貴」

厨房から気づいた恭介が声をかけてくれた。

「今日はちゃんと時間どおりに休憩が取れたのか」

「はい、大丈夫でした」

由貴は思わず破顔して頷《うなず》く。昨日は仕事が立て込んでいて、抜けられなかったのだ。

短い昼休憩にまでやって来るようになった由貴を、最初は恭介も怪訝《けげん》に思っていたようだが、深くは追及されなかった。作り手として、冷えた弁当よりも温かい料理を食べてもらえる方がいいと考えたらしい。

「今日は午後から幼稚園の園児たちが来るんです。俺が絵本の読み聞かせをすることになっていて」

先日、乳幼児対象の読み聞かせイベントを仕切らせてもらったことをきっかけに、補助を卒業して進行役を任されるようになった。

話を聞いて、恭介がまるで自分のことのように嬉《うれ》しそうに微笑《ほほえ》んだ。ふいうちの笑顔にドキッとする。

「そうか、頑張れよ。いつものランチプレートでいいか？」

高鳴る胸に動揺しながら、由貴はこくこくと頷いた。

間もなくして、由貴のランチプレートがカウンターに置かれた。今日のメインはチキンのグリルだ。

「今日も自転車を走らせて来たんだろ？　レンコンのスープは体も温まるし、喉《のど》にも良いんだ。柚子《ゆず》があるから、柚子茶を淹《い》れてやる。柚子も喉にいいぞ。それを食べて待ってろ」

恭介が厨房に引っ込み、作業を始める。その背中を眺めながら、由貴は自然と頬《ほお》が弛《ゆる》むのが自分でもわかった。

いつもの恭介だ。相変わらず、由貴のスケジュールまですべて見透かしたようなお誂《あつら》え向きの料理が出てきて、優しい味にほっとさせられる。

温かい柚子茶もいただき、ぽかぽかしながら店を出た。

いい気分で自転車の鍵を取り出したその時、背後から「桃山《ももやま》くん！」と両肩を掴《つか》まれた。

「うわっ」

びっくりして跳ね上がると、そこに立っていたのは真野だった。目を丸くする。

「ま、真野さん……！」

「よかった、ようやく摑まえられて。時々、お店で桃山くんの姿を見かけたんだけどね。なかなか声をかけるタイミングがなくて。私もずっとここで張ってるわけにもいかないし」

特集記事に掲載する店舗回りで彼女も忙しいらしい。今は隣市を中心にしょっちゅうこの辺りを行ったり来たりしているのだそうだ。その合間を縫って、【Ｍｏｕ】に足繁く通っていると聞いて、彼女の熱心さが窺《うかが》えた。

「桃山くんも私が何でここにいるか聞いてるでしょ？」

真野に問われて、由貴は戸惑いがちに頷いた。

「はい。【Ｍｏｕ】を取材したいんですよね？」

「そうなのよ！」

彼女が「話が早いわ」とにんまり笑う。

「でも全然なびいてくれないのよね。まあ、最初から手強《てごわ》いのは覚悟してたけど。味は文句なく美味《おい》しいのよ。前に働いていたフレンチレストランでもオーナーシェフに一目置かれていたし、コンテストでも何度か優勝するほどの腕前だから。あの性格のせいで人間関係の衝突は絶えなかったみたいだけどね。まあ、あのルックスと才能だから、周囲からのやっかみも相当なものだったでしょうし、彼もいろいろと悩みを抱えてたんだとは思うけど」

恭介の過去は由貴も本人から聞いて少しは知っていたが、真野はもっと詳しいような口振りだった。胸がざわざわし始める。

「彼が前の職場にいた時に、そのレストランを取材させてもらったの。でも、今の彼の料理はあの頃の味とはちょっと違うわね」

「どういうことですか？」

思わず由貴は訊《き》き返していた。彼女の言葉が「評価が落ちる」という意味なら納得がいかない。

「んー何と言うか、以前は作らされている料理だったのよね。もちろんそこでの彼は働かせてもらっている立場だったし、オーナーシェフが世界的にも有名な人だから、客は高い金額に見合った極上の料理とサービスを求めて、一年先まで予約が埋まってるような人気店だったんだけど。でも、彼が本当に作りたかった料理とは方向性が違ったんだと思うわ。今のこのお店は高級志向とは違って素朴というか、私が想像していたイメージとは大分違ってすごくシンプルなんだけど、ほっとするような優しい味よね。あったかくて落ち着く感じで、また食べたいって思う……」

「そうなんですよ！」

由貴は食い気味に言った。

「恭介さんの料理はすごく美味しくて、食べるといつも優しい気持ちになります。幸せな気分になりますよね！」

興奮気味の由貴の言葉に、真野が一瞬押し黙る。

ふいに彼女は由貴の両手を取ったかと思うと、潜めた声で言った。

「お願い、桃山くん。あの男を説得してくれないかしら。桃山くんも、このお店の味をもっと広めたいでしょ？　だいたい、場所がわかりにくいし、これじゃこの辺りの人だって店の存在自体を知ってるかどうかわからないじゃない。もっと、このお店の味をみんなに知ってもらいましょうよ……」

「おい、店先で何をやってるんだ」

その時、低い声が割って入った。

ハッと振り返ると、店から飛び出してきた恭介が怖い顔をしてこちらを睨《にら》みつけていた。凄《すご》みをきかせた眼差《まなざ》しに、思わず二人してビクッと背筋を伸ばす。恭介の目がギロッと二人の手元を捉えた。真野がぎょっとして、慌ててパッと由貴の手を放した。

「由貴、のんびりしていていいのか？　そろそろ戻らないと間に合わないだろ」

「あ！」

腕時計を確認する。思ったよりも時間が経《た》っていてびっくりした。

「すみません、俺もう行きます」

「ごめんね、桃山くん。引き止めちゃって」

自転車に跨った由貴に、真野が「お願いね」とこっそり耳打ちしてきた。

咄嗟《とっさ》に彼女を振り返ったが、その向こうに恭介の顔があり、バチッと目が合う。

ビクッとした。

物凄く不機嫌なのが見ただけでわかる。ただでさえ迫力のある美貌が更に凄みを増して、怒気がめらめらとオーラになって立ち上っている。吊り上がった目が「早く行け」と告げていた。

由貴は慌てて二人に会釈をすると、急いで自転車を漕ぎ始めた。

路地を抜ける手前で、一瞬振り返る。

店の前で恭介と真野が向き合い、何やら話をしている様子が見て取れた。おそらく真野が懲りずに交渉を持ちかけているのだろう。そう頭では考えても、あまりにも絵になる二人なので、つい気になって余計なことを想像してしまう。今はうんざりしている恭介も、以前は真野に対して優しく微笑みかけていたに違いない。恋人同士なら当然だ。何か言い争ってい る険悪な雰囲気も、見方を変えるとそれだけお互いのことをよく知っているので思った事を遠慮なくぶつけ合っているように思える。

――あの二人、本当に付き合ってたんだ……。

「……っ！」

自転車がぐらっと揺れて、危うくハンドルを取られそうになった。焦って必死に体勢を立て直す。

「危な……っ。まずい、早く戻らないと」

頭を振って胸に渦巻くもやもやを無理やり搔《か》き消すと、思いきりペダルを踏み込んだ。

【Ｍｏｕ】で夕食を済ませた後、恭介の仕事が終わるのを待って、一緒に店を出た。

紺色の空にはころっと丸い白玉だんごのような月が浮かんでいる。

読書をして待っていた由貴に、恭介がサービスで出してくれたかぼちゃと紫芋の白玉ぜんざいが頭に浮かぶ。優しい甘さに体があたたまっておいしかったなと考えていると、恭介がふと思い出したように言った。

「昼間は悪かったな」

「え？」

一瞬、何のことを言われているのか理解が遅れた。

「真野がお前に何か絡んでいただろ。今日は来ないと思ってたのにな、まさか外でお前と鉢合わせるとは想定外だった。何かヘンなことを言われなかったか？」

「――あ、いえ」

由貴はかぶりを振った。

「最近、よくお店でも見かけるので、向こうも俺の顔を覚えてくれていて。ちょっとお話をしただけです」

「話？　何の」

　恭介がなぜか急に声を低める。

　由貴は戸惑いつつも、正直に答えた。

「えっと……恭介さんの料理は美味しいっていう話をしていて……真野さんも俺と同じことを思っていたから、ちょっと嬉しかったです」

　言うと、恭介は面食らったように目を瞬《しばた》かせた。

「……そっか」

　小さく息を吐く。声のトーンが元に戻った。

「他には？　何か話したのか」

「あとは、その……取材のこととか」

「あいつはお前にまで手を回してきたのか？」

　再び語気を強める恭介に、由貴は慌てて首を横に振った。

「そういうわけじゃないんですけど。でも、俺もちょっと気になってました。恭介さんは、どうして取材を受けないんですか？」

　真野の言うことも一理あると思うのだ。【Ｍｏｕ】は、その立地のせいで地元住民にもあまり浸透していないようだし、雑誌に掲載されれば店の宣伝にもなる。鈴谷もあまりにも恭介が拒絶するので、何であんなに嫌がるのかと不思議がっていた。

「俺は別に有名になりたいわけじゃない。今だってすごく儲かってはいないが、それなりに常連も付いてくれてるし、わざわざ雑誌に載せてもらう必要もないだろ」

「だけど恭介さん、この前言ってたじゃないですか。使ってみたい食材があるけど、高いから手が出ないとか、大量に仕入れても余るからどうしてもコストが割高になるとか。お客さんがもっと来てくれたら、そういう問題も解消できるかもしれません。ディナーもコースの予約が入るかもしれないですよ。コース料理だとお客さんの単価が高いから、使える食材も増えますよね。恭介さん、いっぱいアイデアがあるみたいなのに、それを活かせないのはもったいないです」

もともとは有名フレンチレストランで働いていた一流シェフなのだ。休みの日にふらっと図書館にやって来る恭介が、ノートにいろいろと書き込んでいるのを由貴は知っていた。だけど、実際に店でそれを作っている姿は見たことがない。

【Ｍｏｕ】は一人で来店する客が多く、それに合わせてメニューも作り変えているので、客単価が低いのだ。オープン当初はカップルや女性の団体客で賑《にぎ》わっていたそうだが、最近は客層が限られているので、客一人にテーブル席一つという光景もよく見られる。ランチもディナーも満席になることは滅多《めった》にない。一人でも気軽に入れる雰囲気と価格設定は由貴のような客には嬉しいことだが、経営的には団体客が高いコース料理を注文してくれる方がありがたいだろう。

それに、何といっても彼の料理は魅力的だ。

「俺、初めてお店に行った時、奮発してコース料理を頼んだんですけど、本当にすごく美味しかったです。独創的な料理で見た目も味も想像を裏切られました。おまかせプレートもいつも驚かされるんですけど、ああいう芸術みたいな料理も作って欲しいです」

由貴の言葉に、恭介が虚を衝《つ》かれたような顔をしてみせた。

どこか弱ったふうに頭を掻き、小さく息を吐く。

「断る理由の一つは、俺の顔込みで記事を載せたいと言ってきたからだ。顔で料理を作ってるわけじゃあるまいし、何でシェフの写真が必要なんだ？　明らかに別目的の客に料理そっちのけで写真パシャパシャ撮られるこっちの身にもなってみろ。せっかく作った料理が手付かずのまま冷めていくのを横目で見ながら、笑顔でニコニコしてられるか。腹が立って仕方がないぞ」

その話は由貴も初耳だった。確かに、恭介の写真が紙面を飾ったら、いろいろな意味で反響は大きいだろう。だが、それは彼が望んでいるものではないと由貴にもわかる。

「それともう一つ」と、恭介が言った。

「昔、実家の和菓子屋が雑誌取材を受けたことがあったんだよ。その時の記者がいい加減な奴で、こっちは店の宣伝どころかあれこれ振り回されて散々だった。結局、その記事はお蔵入りになるし、雑誌の宣伝効果を見込んで仕入れた材料は大量に余って大変だったんだ。だから正直、雑誌記者は信用してない」

これも初耳で、先ほどよりも驚く内容だった。まさか実家でそんな出来事があったとは知らなかった。

「でも、真野さんは恭介さんの彼女だった人ですよね？　信用できるんじゃ……あっ」

しまったと思った時にはすでに遅かった。

聞き逃さなかった恭介がきつく眉根を寄せて、由貴をギロッと見やる。

「何でそんなことをお前が知ってるんだ？」

狼狽《うろた》えた由貴は仕方なく本当のことを明かした。

「プウとのうさんぽ中に、偶然真野さんに会ったんです。プウと恭介さんのことを知っていたから、どういう関係か気になって……」

更には道に迷っていた真野に【Ｍｏｕ】の場所を教えたのは由貴だと知って、恭介の表情が益々不機嫌そうに歪《ゆが》んだ。

――でも本人にはあまり訊かない方がいいわよ。最後は大喧嘩《おおげんか》して別れたから。ここで会ったことは内緒ね。

真野の言葉が蘇《よみがえ》る。やはり、この話題は恭介には地雷だったのだろうか。

だが、彼女なら恭介の料理を上手《うま》く伝えてくれるのではないかと思ったのだ。由貴が感動した味に彼女も共感してくれた。恭介のビジュアルを利用するのは反対だが、真野が書いた記事は読んでみたい。

「実は以前、うちの図書館もローカル誌に特集記事を組んでもらったことがあるんです」

由貴の言葉に、恭介が顔を向けた。

「改修工事をした後は一時的に利用者は増えたんですけど、また落ち込んでしまって、それでどうにか地域のみなさんに知ってもらおうとフリーペーパーとか、地元の情報誌に載せてもらいました。そうしたら、若い人や親子の利用者がぐんと増えて、小さいお子さん対象の読み聞かせのイベントの参加者も急増したんですよ」

当時のことを思い出しながら、【Ｍｏｕ】と重ねてみた。記事を見て店を訪ねる客の中には恭介のルックスに興味を持つ人もいるだろう。そして恭介の堪忍袋の緒が切れるかもしれない。それだけなら今までの二の舞になりかねないが、一方で純粋な料理ファンを獲得するチャンスだ。上手くいけば、わざわざ彼の料理を食べに遠くから足を運んでくれるリピーターだって増えるだろう。

「もったいないですよ。利用できるものは利用しないと」

「――――！」

一瞬、恭介がぽかんとしてみせた。次の瞬間、ブハッと盛大に噴き出す。

「……くくっ、お前、そんなかわいい顔して案外腹黒だな」

喉元で押し殺していた声が堪《こら》えきれなくなったのか、大声で笑い始めた。夜道に恭介の笑い声が響き渡る。

「え、何でですか？　俺、何か変なことを言いましたか？」

おろおろする由貴に、恭介が腹筋を震わせながら言った。

「いや、間違ってない。確かにそうだな。下手な意地を張り通せば損をするか。耳が痛い話だよ。今思うと、前の職場でもそれが原因でぎくしゃくすることがあったし」

恭介がどこかすっきりしたような顔をして、大きく息を吐いた。

「だけど、もしそれで客が増えたら、お前の指定席も埋まってしまうかもしれないぞ？」

「うっ……それは残念ですけど、でも、俺は毎朝、恭介さんの料理を食べさせてもらってますし。この幸せはみんなで分かち合うべきなんじゃないかと思うんですよね。真野さんと話していて、『【Ｍｏｕ】の料理は美味しい！』って意見が一致した時、こうグワッと胸が熱くなって興奮しました！　自分の好きな本をおすすめして、それが『おもしろかった』って言ってもらった時の感覚に似ています。俺は、そういう人たちがもっと増えて欲しいんです。あ、でも恭介さんが顔を出す必要はまったくないと思いますよ？　顔で料理を作るわけじゃないんで、そこはちゃんと交渉すべきです！」

一瞬の沈黙が落ちて、恭介がまたブハッと噴き出した。

くっくと笑いながら、おもむろに手を伸ばして由貴の頭をわしゃわしゃと豪快に掻き混ぜてくる。

「……すみません。俺、一人で先走って、余計なことを言いすぎました」

ふいに大きな手のひらで掴むようにして、頭を抱き寄せられた。

「あ、あの、恭介さん……？」

自分の肩口に戸惑う由貴の頭を押し当てて、ぽんぽんとしてくる。

「ありがとうな、由貴」

「――！」

ぶわっと赤面してしまうほどに優しい声が、頭上から降ってきた。


恭介から取材を受けることに決めたと聞いたのは、その翌日のことだった。

いつも通りに仕事を終えて【Ｍｏｕ】に行くと、店内で真野が待ち構えていた。

「ありがとう、桃山くん！」

中に入った途端、彼女に抱きつかれた由貴はびっくりして固まってしまった。

「桃山くんが説得してくれたんでしょ？　今日は私に奢《おご》らせて。あっちに行きましょう」

由貴の手を引いて、真野が奥のテーブル席に移動する。何が何だかわからずに連れて行かれて、椅子に座らされた。テーブルにはもう一人、真野と同年代らしき男性が座っていて、由貴に「こんにちは」と挨拶をしてくる。慌てて会釈を返した。

「別の取材の帰りだったんだけど、急に電話がかかってきたのよ。ころっと手のひらを返したみたいに取材ＯＫだって言うから、嬉しくて駅から引き返してきちゃった。桃山くんのおかげだわ。本当にありがとう」

「いえ、俺は別に何もしてませんよ」

ブンブンと首を左右に振る。一晩で恭介にどういう心境の変化があったのかは、由貴にもよくわからないのだ。ただ、今朝起きたらやけにご機嫌な様子で、プウに何度も頬擦りをしてはさすがにちょっと嫌がられていた。

「そんなことないわよ。桃山くんの力よ、感謝してるわ。さあ、何でも好きなものを食べてちょうだい！　あ、メニューがないわね」

ドン、ドン、ドンと、水の入ったグラスが三つ、テーブルに置かれた。いつもの鈴谷らしくない乱暴な置き方だなと思ったら、メニューを持って立っていたのは恭介だった。

「――騒ぐなら今すぐ帰れ。他の客に迷惑だ」

爽《さわ》やかな美貌からドスのきいた声が放たれて、思わず由貴はビクッとしてしまう。

「何よ、お客さんなんていないじゃない……あ、あんなところにいらっしゃったわ」

真野が店内を見回して、しまったと声を潜める。一番奥のテーブル席に男性客が一人座っていて、由貴と目が合うと気まずそうに会釈してきた。すでに顔見知りの相手なので、由貴は申し訳なく思いながら慌てて挨拶を返す。

「由貴。せっかく奢ってくれるって言うんだから、これにしとけ」

そう言って恭介が指差したのは、この店で一番高いコースメニューだった。

「え、でも……」

「ちょうどいい肉が入ったんだ。腹が減ってるだろ？　分厚く切ってやる」

「ちょ、ちょっと！」

慌てる真野をよそに、恭介が勝手に注文を決めてしまった。最後は無言の圧力で、真野が渋々受け入れる。

颯爽《さっそう》と去っていく恭介の後ろ姿を恨みがましい目つきで見やりながら、真野が悔しそうに言った。

「まったく、なんてシェフかしらね。そういえば、昼間にも一度電話がかかってきたのよ。スケジュールを訊かれて、手が空いた頃にまたかけ直すって言われたんだけど、あれって、取材OKの返事を出すタイミングを計ってたんだと思うわ。桃山くんが店に来る時間に合わせて、私たちも意図的におびき寄せられたのよ。こうなることを予想して高い肉を仕入れたのね。嵌《は》められた！」

水をゴクゴクとヤケ飲みする。

「結局、顔出しNGだし。ケチケチしなくてもいいじゃない。ホント、黙ってたらイイ男なのに……！」

その時、真野の携帯電話が鳴った。

「あ、ちょっとごめん」と言って、彼女が席を立つ。携帯電話を耳に押し当てながら、そのまま店を出ていってしまった。

「何か、騒がしくてごめんね」

向かい側に座っていた真野の同僚の浜橋《はまはし》が、申し訳なさそうに言ってきた。

「いえ、全然。こちらこそご馳走になっちゃって」

「ブツブツ文句言ってるけど、ここの店は絶対に載せたいって粘ってたからね。取材を引き受けてもらって相当浮かれてるんだよ。今なら高いワインを追加しても大丈夫かもよ」

冗談交じりに言われて、由貴も笑った。

「真野さん、すごく嬉しそうでしたもんね」

「ここのシェフにえらくご執心だからね。仕事も上手くいって、このままドサクサに紛れて、プライベートでも元カレとヨリを戻す気満々だったりしてな」

「え？」

思わず訊き返した由貴の声に、浜橋が「おっと」と慌てたように口を噤《つぐ》んだ。

「今のはこれね」と、唇の前で人差し指を立ててみせる。

一度背後を振り返り、真野がまだ戻って来ないことを確認すると、声を潜めて言った。

「実は、真野とここのイケメンシェフ、昔付き合ってたらしいんだよね。今回の件で再会してから、彼女の張り切りぶりが凄くて……今日も、見たことがないくらいに舞い上がってるし。お互いに軽口を叩き合ってるけど、逆にそれが仲良さそうに見えてさ。案外、シェフの方も脈アリかもな」

ニヤニヤと笑いながら話す浜橋を凝視しながら、由貴は急に激しい動悸に襲われた。

今、彼が言ったことはどこまでが本当の話なのだろう。

真野が恭介とヨリを戻したいと思っているのは事実だろうか。彼女は本当にそんなことを考えているのだろうか。

胸がざわざわと不穏な音に掻き乱される。どうしてこんなに嫌な気分になるのだろう。

外から扉が開いて、真野が戻ってきた。

「ごめんごめん。よかった、まだ料理来てなくて」

笑顔で近付いてくる彼女と目が合った瞬間、由貴は咄嗟に顔を逸らしてしまった。

すぐに後悔する。真野に対して感じの悪い態度を取ってしまった自分が自分でも理解できない。

一旦薄れていた胸のもやもやが再び渦巻き始めていた。

■8■

取材交渉が上手くいった真野から、由貴は物凄く感謝された。

由貴自身は本当に何をしたわけでもなく、恭介が自分で決めたことだ。しかし、真野は大喜びしていたので、とりあえずは話がまとまってよかったと思う。

真野がどんなふうに恭介の店や料理を取り上げるのか興味があった。忙しい彼女は暇を見つけては熱心に店に通っていたし、何より恭介の腕を高く買っていた。彼女に任せておけば素敵な記事を書いてくれるはずだ。

真野のことは嫌いじゃない。美人で気さくないい人だし、豪快だけどちゃんと気配りのできる女性だ。仕事もできるそうで、職場での信頼も厚いと由貴は浜橋から聞いていた。

恭介が過去に好きになった人だ。それだけ魅力がある人なのだろうと由貴も納得する。

ただ、一つだけ気にかかっていることがあった。

――ここのシェフにえらくご執心だからね。仕事も上手くいって、このままドサクサに紛れて、プライベートでも元カレとヨリを戻す気満々だったりしてな。

あれからずっと、浜橋の言葉が頭の中でぐるぐると回っていた。

明日はまた真野が【Ｍｏｕ】にやってくる。取材の打ち合わせだ。

一昨日は、浮かれた彼女がカウンターで恭介とワインを乾杯する一場面もあった。鈴谷や浜橋と喋《しゃべ》りながらも、由貴は二人の様子が気になって仕方なかった。

真野はまだ恭介のことが好きなのだろうか。

恭介は彼女のことをどう思っているのだろう。

恋愛経験はなくても、焼けぼっくいに火がつくという話は耳にする。彼らの間にそういうことがあったとしても不思議ではない。

もし、恭介が真野とヨリを戻すことになったら、由貴はすぐにでもあのマンションから出て行かなければいけないだろう。

事故のあったアパートは、大家さんから話を聞いていた通り、建て替え工事を行うことになった。書類などの手続きを済ませた後も、由貴は恭介の厚意に甘えて彼の自宅に居座り続けている。いずれは出ていくつもりでいながら、不動産屋に足を運ぶこともなくずるずると過ごしている。

いつまでも恭介に世話になっては迷惑だし、真野も居候がいると気を遣ってなかなか部屋に出入りできず不満に思うに違いない。

「引っ越しか……」

由貴は草むらにため息を零《こぼ》した。

今日は月曜で図書館は休館日だ。由貴はいつものように恭介が出勤した後、家事を済ませてプウと散歩をしているところだった。

リードに繋《つな》がれたプウがピョンピョン跳びはねてはしゃいでいる様子を眺めながら、頭の中では恭介と真野のことばかり考えてしまう。

軽口を叩きつつも気心が知れた様子の二人を思い出して、由貴の胸はざわめいていた。

あの時、二人の間に割って入ってはいけないような、そんな分厚い透明な壁のようなものを感じた。

何となく、嫌だなと思ってしまったのだ。

恭介が真野と仲良くしている姿を見るのが嫌だ。胸がさざめき、奥の柔らかい場所をざらざらとした砂の粒で乱暴に擦《こす》られているような気分だった。あまり彼女と親しくしないで欲しい——そんな身勝手な感情まで込み上げてくる。自分には恭介のプライベートに口出しする権利など何もないのに。

くいっとリードが引っ張られた。

ハッと現実に引き戻される。地面に視線を戻すと、動き回っていたプウが肢《あし》を止めてじっと由貴を見上げていた。『どうしたの？』と、つぶらな瞳が問いかけてくる。

「あ、ごめん！　プウ、疲れた？　休憩してお水を飲もうか」

プウを抱き抱えて、一旦土手に引き上げた。

水分補給をさせて、おやつのセロリスティックを与える。ポリポリと齧《かじ》るプウの背中を撫でながら、無意識にため息が零れた。

一本食べ終わったプウが、じいっと由貴を見上げてくる。

「ん？　おなかすいたのかな。もう一本食べる？」

おやつケースに手を伸ばそうとした時、プウが由貴の膝を前肢で撫でるような仕草をしてみせた。由貴の顔を下から覗《のぞ》き込むようにして首を傾《かし》げ、『何かあった？』という目で心配そうに見てくる。

うさぎはとても勘のいい生き物だ。信頼関係が生まれた相手のことなら、気持ちを敏感に察して自ら寄り添ってくることもある。プウもそんな優しい子だ。

おそらく、由貴にいつものような元気がないことに気づいて、おかしいなと思ったのだろう。

自分のことばかり考えて、せっかくのプウの散歩を邪魔してしまった。

「ごめんね、心配かけて。何でもないよ、大丈夫だから」

小さな彼が愛しくて抱きしめた。毎日ブラッシングをしてやる真っ白な被毛はおひさまの匂いがする。プウも目を細めて鼻先を甘えるように由貴に押し当ててくる。

「もうちょっと遊ぶ？　疲れてない？」

訊《たず》ねると、プウは嬉しそうに鼻をヒクヒク動かして、『まだ元気！』と長い耳を揺らした。

家に戻り、プウをキャリーから出してハーネスを外そうとした時だった。

「あれ？」

何か違和感がある。じっとプウを見つめて、何がおかしいのかに気づいた。

「あっ、ニンジンがない！」

オレンジの水玉模様のハーネスに付いていたニンジンのチャームがなくなっていたのだ。遊んでいる間に外れてしまったに違いない。

——実はこのハーネス、私が買ったものなのよ。プウ、まだ使ってたのねえ。

真野の言葉が脳裏にまざまざと蘇った。

さあっと青褪《あおざ》める。

「どうしよう、探さないと」

由貴はプウの汚れた肢を拭《ふ》いてブラッシングをすると、ケージに入れた。

「ちょっと出かけてくるから、いい子にしててね」

急いでマンションを出て、うさんぽで通った道を引き返す。

河原まではずっとキャリーに入れて移動しているので、チャームが外れるとしたら川沿いの空き地だ。由貴は走った。

プウと一緒に遊んだ場所を重点的に探すが、なかなか見つからない。オレンジ色なので、草の中に落ちていれば目立つはずだ。

土手も探す。草を掻き分けて、プウを抱いて通った場所を何度も往復するがそれらしいものは見当たらなかった。

どうしよう——由貴は焦る。

あのチャームは真野がプウのために買ったものだ。次に彼女がプウに会った時、それが消えていたら不審に思うだろう。恭介も疑うはずだ。

由貴がぼんやりしていたからだ。もっと気をつけてプウを見ていれば、どのタイミングでチャームがなくなっていたのかすぐに気づけたはずだった。

恭介と真野の関係が気になって、頭の中は二人のことでいっぱいだった。プウにまで慰められて本当に情けない。

そんな最中にチャームを失《な》くしたのだ。まるで真野に恨みでもあるかのような、自分の知らない裏の顔が見え隠れするようで、ゾッとする。真野を嫉《ねた》むうちに、彼女がプウに贈ったそれを無意識のうちに置き捨ててきてしまったのではないかとすら思ってしまう。

午前中は晴れて散歩日和だったのに、徐々に空が翳《かげ》ってきた。

土手の上を下校中の小学生が歩いている。人通りが多くなってきた。

もうどこを探してどこを探してないのか、わからなくなってくる。必死に緑の草を掻き分ける由貴を、犬を散歩中の中年女性が怪訝そうに見てきた。もしかしたら通りかかった犬か猫が、物珍しいそれを銜《くわ》えて持っていってしまったのかもしれない。もしそうなら、絶望的だ。

ぱたと手のひらに何か冷たいものが当たった。

ハッと見上げると、頬にまた冷たいものが当たる。雨だ。

ポツポツと降っていた雨はあっという間に土砂降りになった。

パーカのフードを被《かぶ》って、草を掻き分ける。悪天のせいで空は一気に暗くなり、あっという間に視界が利かなくなる。

時計を確認して驚いた。もう五時を回っている。五時間近くも探し続けていたことにびっくりする。

七時には【Ｍｏｕ】に夕飯を食べに行く約束をしていた。

そろそろ引き上げないと間に合わなくなってしまう。

この時期、うさんぽは週に一度が目安だと恭介が言っていた。今日出かけたので、しばらくハーネスを使うことはないだろう。日が落ちると探すのは困難だ。明日の早朝か昼間にもう一度探してみよう。

雨の中を走ってマンションに戻った由貴は、急いで体を拭いて着替えた。髪が濡《ぬ》れていると変に思われるのでドライヤーで乾かす。

プウの様子を見にケージを覗くと、トンネルに後ろ肢を突っ込みながら、齧り木をガジガジしていた。由貴に気づくといそいそと出てきて、後ろ肢をダンダンッと踏み鳴らしてみせた。「アシダン」と呼ばれるこの行為は、うさぎが怒ったり警戒したりする時に見られる威嚇行為だ。しかし、気を許した相手だとまったく別の意味になる。プゥはぷうぷうと鼻を鳴らしながら、『もう、さみしかったんだから！』と甘えているみたいだった。

「ごめんね。今日はいっぱい遊ぶ約束したのに。おなかも減ったよね」

給水器に水を入れて、餌入れも満たしてやる。しばらくプゥを撫でていたが、そろそろ出かけなければいけない。

プゥをケージに戻すと、彼はブーブーと不満そうに鼻を鳴らした。

「恭介さんのところに行ってくるからね。帰ってきたらまた遊ぼうね」

由貴はマンションを出て、急いで【Ｍｏｕ】に向かう。

店内は相変わらず空いていた。

鈴谷に案内されていつものカウンター席に座ると、奥から恭介が顔を出す。

「雨が降ってただろ。濡れなかったか？」

恭介の笑顔が、今日はなぜだか胸に刺さった。失くしてしまったチャームのことが脳裏をちらつき、後ろめたさで苦しくなる。

真野から贈られたハーネスを、恭介はどういう気持ちで使い続けていたのだろうか。

ただ物持ちがいいだけかもしれないし、もしかしたら、何か特別な想いがあったのかもしれない。後者だった場合を考えると、罪悪感に加えてそれとはまた別の複雑な感情が込み上げてくる。胃がキリキリと痛んだ。

恭介の仕事が終わるのを待って、一緒に帰る。もう雨は止《や》んでいた。

帰宅すると、プウが待ち構えていたようにダンダンと肢を踏み鳴らしてきた。

「おっ、何だ何だ。やけに熱烈なお迎えだな」

恭介がプウをケージから出して抱き上げる。

「今日は由貴にいっぱい遊んでもらったんだろ？　よかったなあ。おい、俺を掘り掘りするな。何だよ、まだ遊び足りないのか？」

由貴はぎくりとした。半日放ったらかしてしまったことを、当然だがプウは恭介に告げ口しなかった。

恭介に代わって由貴の腕の中に移っても、気持ち良さそうに頭を撫でられていた。

明日の早朝、もう一度河原へ探しにいこう。恭介が起きるまでに戻ればいい。見つからなければ昼休憩も探しにいく。可能性は限りなく低いが、交番にもいってみようか。もしかしたら誰かが届けてくれているかもしれない。

さっとシャワーを浴びてリビングに戻ると、風呂上がりの恭介がソファで缶ビールを飲んでいた。

「お前も飲むか？」と訊かれて、由貴は丁重に断った。何だか胃がムカムカする。

首を左右に振った途端、くらっと視界がぶれた。

よろけそうになった由貴を、咄嗟に立ち上がった恭介が抱き留める。

「おい、どうした？」

熱に浮かされたような目で見上げると、恭介が一瞬息を呑むような仕草をしてみせた。僅かに視線を逸らされる。

「……何でもないです。ちょっと、湯あたりしたのかも」

「大丈夫か？　水を持ってくるから座ってろ」

心配した恭介が由貴をソファに座らせて、水を注いだグラスを持って戻ってくる。

「そんなに長風呂でもなかったし、プウと遊びすぎて疲れが出たんじゃないだろうな。いつにもましてぼんやりしてるぞ。今日はもう早く寝ろ。明日からまた仕事だろ」

「……はい」

体がだるい。体調の悪さをプウのせいにはしたくなかったけれど、上手い言い訳を考える思考が働かなかった。頭もぼうっとする。本当に疲れているのかもしれない。

せっかくテレビを見てくつろいでいた恭介には申し訳なかったが、ソファをあけてもらう。

「ゆっくり休めよ。おやすみ」

「おやすみなさい」

リビングの電気が消された。恭介も早々と寝室に引き上げていく。

由貴は寒気を覚えてぶるりと体を震わせる。上掛けを頭まで引き上げて、目を閉じた。

どうか、明日には見つかりますように――布団の中で祈りながら眠りに落ちた。


翌朝、携帯電話のアラームで目を覚ました。

恭介に聞こえないように急いでアラームを止める。

起き上がろうとして、ズキッと頭に痛みが走った。

「――！」

どういうわけか起き上がれない。頭が重くて、こめかみの辺りで頭蓋骨がガンガンと鳴り響いているようだった。節々が痛く、全身がだるくて仕方ない。

「……っ」

何とかソファの背にもたれながら立ち上がる。頭がくらくらする。深呼吸をして歩き出そうとした瞬間、膝から崩れ落ちた。

ガタンとローテーブルにぶつかってしまう。

「おい、由貴！」

物音に気づいて寝室から顔を出した恭介が、蹲《うずくま》っている由貴を見つけて叫んだ。

「どうした、気分が悪いのか？」

駆け寄った恭介が由貴の顔を覗き込む。額に手を当てて、「すごい熱じゃないか」と驚いたように言うのが聞こえた。

「おい、俺の声が聞こえるか？　由貴？　おい、由貴！」

恭介の声がわんわんと頭に響く。

「由貴！」

最後は尾を引くみたいに遠くなって、ぷつりと意識が途切れた。


次に目を覚ました時、由貴はソファではなくベッドに寝かされていた。

「気が付いたか」

傍には恭介がいて、心配そうに由貴の顔を覗き込んできた。

「……あ、俺……」

声が自分のものではないみたいに掠《かす》れている。

「熱を出して倒れたんだ。今日は休むと職場には連絡をしておいたから。医者に診てもらったら、風邪だそうだ。薬も貰《もら》ったし、今日は一日おとなしく寝てろ」

恭介が不機嫌そうに説明してくれた。

「……ありがとうございます。迷惑をかけてしまって、ごめんなさい」

熱っぽい息を吐いて謝ると、恭介が益々ムスッとする。

「ごめんなさいじゃないだろ。本当は昨日から調子が悪かったんじゃないか？　湯あたりなんて嘘までついて、何で本当のことを言わずに黙ってたんだ」

怖い顔をした彼に叱られた。

「お前、昨日はどこに行ってたんだ？　洗濯機の底にびしょ濡れのお前の服が入っていたぞ。それに弁当が手付かずのまま残っていたし。食いしん坊のお前が昼メシも食わずにどこで何をしてた？」

「――――！」

問い詰められて、青褪めた由貴は言い訳もできなくなる。

観念して、正直にハーネスのチャームを失くしてしまったことを明かした。

「ごめんなさい。ちゃんと探しますから……」

「バカか、お前は！」

恭介の怒鳴り声に由貴の言葉は掻き消された。

「そんなものを探してずっと雨に打たれてたのか？　何を考えてるんだ、このバカ！」

久々に怒鳴られてビクッと震える。

「早起きして、どうせ俺が寝ている間に探しに行く気でいたんだろ。熱を出して、倒れるまで我慢して。俺がいないところで倒れたらどうするつもりだったんだ！　そんなところまでうさぎにそっくりだな。何のために口があるんだ。お前は喋れるんだからちゃんと言え！」

うさぎは飼い主にも自分が弱っているところをあまり見せない。具合が悪くても元気なフリをするのだそうだ。だから、プウのちょっとした変化でも見過ごさないように気をつけなければいけないと恭介に教えられたことを思い出した。

別に由貴はうさぎを意識したわけではない。だが、恭介が荒々しい口ぶりで何を言いたかったのかは痛いくらいに伝わってきた。

ぽろっと涙が溢《あふ》れる。

途端に、恭介がぎょっとしたように口を閉ざした。

「お、おい、泣くなよ。別に本気で怒ってるわけじゃなくて……」

焦ったように言った後、思い直したように息を吐いた。

「悪い。言い方がきつかったなら謝る。だから、泣かないでくれ」

ぽんぽんと上掛け越しに優しく宥《なだ》められる。由貴は枕の上で慌てて首を左右に振った。

「ち、違っ……、今のは、怒鳴られて嬉しかったんです。俺の方こそ、ごめんなさい。心配かけて、すみませんでした……っ」

泣きながら伝えると、一瞬面食らったように黙り込んだ恭介から小さく笑う気配がした。

「俺が傍《そば》に寄った途端に気を失うから、本当にびっくりしたんだ」

そっと頭を撫でられて、ビクンッと胸が跳ねた。

「心配した。あんなに頭が真っ白になるほど取り乱したのは初めてだ」

柔らかい髪を指で梳《す》くようにされると、胸がぎゅっと詰まったみたいになる。鼓動が急激に速まり、熱っぽい体が更に温度を上げた。

布団の中でドクドクと心臓の音が鳴り響いている。

潤んだ目に、恭介が映る。

見惚《みと》れるほどの美貌が、形のいい眉をどこか困ったように下げて、ふっと笑った。

「頼むから、あんまり心配させるな」

「――!」

胸が途轍もなく大きな音を立てて強く脈打った。一瞬、息が止まったかと思う。カアッと顔が熱くなり、自分自身の反応に驚いて涙が滲《にじ》みそうになる。

初めて経験する感情だった。

だがその瞬間、はっきりと自覚する。

戸惑いよりも腑《ふ》に落ちる方が先だった。胸のもやもやがさっと晴れて、まるでそれが答えだと言われている気がした。ようやく名前のついた情が体の底からぶわっと溢れ出す。

由貴は、恭介に恋してしまったのだ。

■9■

恭介のことが好きだ。

人を好きになるということは、こういう気持ちなのかと初めて知った。

恭介を意識して胸が弾み、嬉しすぎて何か持て余すような、ふわっとあたたかいもので体中が満ち溢れている。

だが同時に、ふとした瞬間に切なくなり、胸が苦しくなることもあった。恭介の傍にいるだけで酷《ひど》く幸せだと思う一方で、得体の知れない不安がちらちらと見え隠れしている。

自分の気持ちの正体がようやくわかり、すっきりしたのも束の間、早くも行き詰まってしまった。

この先、どうしたらいいのかわからないのだ。

誰かに恋した経験はこれが初めてだった。しかも、相手は同性だ。葉一《よういち》の件で、自分は女の子が好きだと宣言までした手前、今更恭介にこの気持ちを伝える勇気などあるわけがなかった。

それに、真野の存在もある。

今まで彼女に対して抱えていたもやもやとした感情は、おそらく嫉妬というやつだ。自分は無意識のうちに、恭介に近付く真野を敵対視していたに違いない。

肝心の恭介は彼女のことをどう思っているのだろう。

由貴のことはどうだろうか？

これまで楽しく同居生活を送っていたので、改めてそんなことを考えてもみなかった。嫌われてはいないはずだ。それは、とても居候とは思えないほど好《よ》くしてもらっていることからも明らかだった。

だけど恭介にとっての由貴は、どちらかというとプウに近い存在なのかもしれない。

友人とも違うし、真野のように過去に付き合いがあったわけでもない。恭介がよく口にする『癒やされる』という言葉から察するに、愛玩動物と同じカテゴリーに入れられていても不思議ではなかった。

一方、真野は違う。スタートからすでに恭介の恋愛対象内にいる彼女は、おそらく今一番彼の恋人の地位に近い存在だ。

性別だったり、過去の関係性だったり。美貌も人生経験も、何から何まで由貴は彼女に敵《かな》わない。

恭介に出会うまでは、当たり障りのない態度でみんなに満遍なく好かれる人間になりたいと思っていた。

しかし今は、他の誰かではなく、恭介に好かれたいと思う。

恭介に好きになってもらえる人間になりたい。

頑張ったらいつか恭介が由貴に恋愛感情を持ってくれる日が来るだろうか。そんな悠長なことを言っている間に、恭介と真野がさっさとヨリを戻せば、その時点で由貴の出る幕はなくなってしまう。

真野よりも先にこの想いを伝えるべきだろうか。

だが、肝心なのは恭介の気持ちで、由貴が突っ走れば突っ走るほど、彼を困らせることになるかもしれないのだ。大体、自分が男に好きだと告白されることを、普通の男性ならまず想像しない。恭介は真野と付き合っていたのだから、恋愛対象は女性だろう。由貴が思い余って正直な気持ちを恭介に伝えたとして、それはただの自己満足になってしまう。恭介の立場になって改めて考えると、この想いは黙って胸に秘めておくのが一番だ――という結論に達してしまった。


由貴が倒れてから数日が経過し、もうすっかり体調は元通りに戻っていた。

結局、ニンジンのチャームは見つからずじまいだ。

「もう気にするなって」

恭介は笑ってそんなふうに言ってくれたが、そういうわけにもいかない。あのハーネスとチャームを選んだのは真野なのだ。自分が買ったものなら諦《あきら》めもつくが、彼女がプウにプレゼントしたものなので、失くしてしまった罪悪感に苛《さいな》まれる。由貴は落ち込んでいた。

あの後も、暇を見つけてはこっそりと一人で河原や土手を探していたのだが、それがとうとう恭介にばれてしまった。

「この寒いのに、あんな場所をうろうろしやがって。また風邪がぶりかえしたらどうするんだ!」

「……っ、ごめんなさい」

どうやら店の常連客から由貴の目撃情報が入ったらしい。恭介が由貴の体調を心配してくれているのはひしひしと伝わってきて、申し訳ない気持ちと情けない思いでいっぱいになる。

「もう、チャームのことはいいって言ってるだろ?」

しゅんと項垂れた由貴の頭を恭介がぽんぽんと撫でた。

「着慣れたものの方がプウも落ち着くと思って、使い続けていただけなんだ。意外とサイズの調整が利くタイプのものだから二年以上も使ってるけど、もう古いし、あんな小さな飾りはいつ取れたっておかしくなかったんだよ。俺だったらたぶん失くしたことも気づいてないぞ。そろそろ擦り切れてきたしな、新しいのを買いに行くか。なあ、プウ」

ケージから抱き上げたプウに、恭介が問いかける。プウは鼻をひくひくと動かしてご主人様を見つめている。目と目で会話をして、恭介が「ほら、プウも新しいのを付けて散歩したいってさ」とプウの気持ちを代弁した。

恭介がプウを由貴の膝にのせてくる。

悄気《しょげ》返る由貴をプウが心配そうに見上げてきた。ひょっこりと首を傾げるような仕草をしてみせて、鼻先でつついてくる。『元気出して』とでも言われているようだった。

「由貴、確か次の公休は水曜だったよな？」

「あ、はい」

「よし。店も休みだし、その日に出かけるぞ。もちろんプウも一緒にな」

由貴の膝の上から恭介がプウを抱き上げた。急に目線が高くなったプウは、ちょっと驚いたようにキョロキョロして『もう、びっくりさせないでよ』と、恭介の頬にぐにぐにと鼻先を押し当てている。

プウの初めて見せる仕草がかわいくて、由貴も思わず笑ってしまった。


次の水曜日。

いつもより早く目が覚めた由貴は、静まり返ったリビングをパッチリと開いた目で見回し、いそいそと起き出した。カーテンを開けると、空はようやく白み始めてきた頃だ。雨は降っておらず、天気予報通りなら今日は快晴。絶好のうさんぽ日和になるはずだ。

ケージをそっと覗くと、プゥはまだすやすやと眠っていた。恭介の寝室からも物音は聞こえてこない。

起きるのがあまりにも早すぎたせいで、手持ち無沙汰《ぶさた》になってしまう。

由貴の休みと店の定休日が重なることは珍しい。

水曜といえば、毎週図書館では読み聞かせのイベントが行われる日である。今まで補助にあたっていた由貴は、その日のイベント担当の司書と一緒に朝から準備に追われて忙しかった。だから、公休を取る時はなるべく水曜を避けるようにしていたのだ。

最近は由貴自身がイベントを仕切らせてもらえる機会が増えて、補助はアルバイトで入ってくれる大学生に頼むことが多くなった。彼も司書の資格を取るために勉強中だという。恭介と合わせて休みが取れたのも、もしかしたら数年後には由貴の後輩になるかもしれない彼のおかげだった。

恭介と近所以外へ出かけるのは今日が初めてだ。

もとはといえば、自分のせいで恭介に気を遣わせてしまったのに、由貴は現金にも昨夜からずっとわくわくしている。遠足を楽しみにしている小学生の気分だ。あれほど落ち込んでいたのが嘘のように、心が弾んでいた。

そわそわしながら静かに布団を畳んでソファの隅に重ねる。洗面所に行き、顔を洗った。浮ついた心を冷水でシャキッと引き締める。

リビングに戻ると、いつの間にか恭介が起き出していた。

「おはようございます」

「おはよう。今日は一段と早いな」

あくびをしながら目の前を横切った恭介に、ぽんぽんと頭を撫でられる。彼式のあいさつのようなものだ。由貴にはコンプレックスだったふわふわの柔らかいクセ毛を、恭介はとても気に入ってくれていて、「和《なご》みのヘアスタイルだ」と撫でてくれる。触った感触はプウといい勝負らしい。

やはり自分は彼にとって恋愛対象外だと言われているようで、そこは少し切なかったが、なるべく割り切って考えるようにした。物理的に考えれば、由貴が一番恭介に近い場所にいるのだ。これ以上を望んだらバチが当たる。

恋という感情は思ったよりも複雑で、いろいろと厄介なものだった。

恭介が朝食の準備をしている間に、由貴は洗濯機を回してプウの食事を用意する。

今朝はフレンチトーストだった。初めて食べた時に由貴はその美味しさに感動して、大興奮してしまったのだ。それ以来、毎週水曜日はフレンチトーストの日になった。店で出しているフランスパンを分厚く切って使用しているので、食パンとはまた違った食感が楽しめて絶品なのだ。

朝食を堪能した後、恭介に手伝ってもらって洗濯物を干し、急いで身支度を整える。

プウをキャリーに入れて、エレベーターでマンション地下の駐車場に下りた。恭介の運転で出発する。行き先は隣町のうさぎ専門店だ。

「由貴は運転しないのか？」

助手席に座りキョロキョロと景色を眺めている由貴に、恭介が苦笑しながら訊いてきた。

「免許は取りました。でも、完全にペーパードライバーですね」

赤信号で車が止まると、由貴は自分の運転免許を財布から取り出して見せた。途端に、恭介が笑い出す。

「お前の写真、何でこんなに力んでんだよ。しかもどこ向いてんだ、これ」

「だって、自分のタイミングで撮れないじゃないですか。気づいたら終わってたんです」

そして手続きの最後に渡された免許証がこれだったのだ。確かに、唇を真一文字に引き結び、何やら踏ん張っているような顔をしている。視線も定まっていない。

「恭介さんはどうなんですか？」

人の顔写真を見て、次の赤信号に引っかかるまでずっと大笑いをしていた恭介を軽く睨みつけた。「俺？」と、恭介が自分の免許証を差し出してくる。

「俺は普通だろ。ヘンな顔してなくて残念だったな」

ニヤッと笑って本人がそう言った通り、恭介の写真は極自然な表情で写っていた。キリッと真顔なところが更に王子の美貌を完璧に映し出している。

「……ずるいですね」

免許センターの担当が彼だけ特別な機械で撮影したのではないかと疑うくらい、綺麗《きれい》に写っている。これを世の女性たちが切り抜いて大事に持ち歩いていてもおかしくない。明後日《あさって》の方向を見ている由貴とは大違いだ。

じっと写真を見つめて、思わずぽつりと呟《つぶや》いた。

「かっこいい……」

食い入るように見ている由貴の反応が予想と違ったのか、恭介は途端に顔を顰《しか》める。いたたまれなくなったのか、「もういいだろ。終わりだ」と、由貴から取り上げてしまった。

「あっ、もうちょっといいじゃないですか。減るもんじゃないのに」

「減る。俺の顔が磨り減る。お前は自分の顔を見て、次の免許更新の時の対策を考えろ」

気張り顔の写真を揶揄《からか》われて、由貴はムッとする。しかし、見れば見るほどヘンな顔をしていて、ちょっと落ち込んだ。

「そんなにへこむなよ。プウと一緒に写ってる写真は、あれなら部屋に飾っておいてもいいくらいの出来だぞ。奇跡のツーショットだ」

「プウがかわいいんですよ。ねえ、プウ」

振り返ると、後部座席にいたプウはキャリーの中で一心不乱におもちゃをガジガジ齧っている真っ最中だった。急に由貴が話を振ったので、ハッと顔を上げた彼は『え、何?』ときょとんとしていた。

大型のペットショップではなく、うさぎだけを対象とした専門店があることを由貴はこの日初めて知った。

店内は本当にうさぎ一色だった。いたるところにうさぎのイラストが飾ってある。

「プウ、すごいね。お友達がいっぱいだよ」

ここでは飼い主が目を離さなければ、キャリーからうさぎを出してもいいのだそうだ。

由貴の腕の中でプウが忙《せわ》しなく目を動かしてキョロキョロしている。初めて見る景色にびっくりしているようだった。しきりに由貴のことを見上げてくる。『ここ、どこ？　怖くない？』とちょっと不安そうだ。

「大丈夫だよ。今日は、プウの新しいハーネスを買いに来たんだよ。気に入るのがあったらいいね」

「由貴、こっちだ」

恭介に呼ばれて、由貴とプウはそっちに急いだ。

商品棚に並べられた数々のハーネスを前にして、由貴は目を丸くする。

「こんなにいろいろあるんだ」

色に形に物凄いバリエーションの数だ。派手な色使いのパンチが効いたものもあれば、フリルたっぷりのお姫様みたいなものまである。

「いっぱいあるね。プウはどれがいい？」

端から順に見ていく。すると、恭介がある場所で立ち止まった。並べてあるハーネスを真剣な眼差しでじっと見つめている。

「恭介さん、そっちは女の子用ですよ。プウは男の子なんでピンクのフリフリはちょっと」

我に返った恭介が、目を瞬かせた。「ああ、そうか。プウのだもんな」と、ブツブツ呟きながらも、まだフリフリが気になるのかなかなかその場を離れようとしない。

「どうしたんだろうね？　あっちばっかり見て」

プウがハッと勘を働かせて、『もしかして、新しい女の子を見つけちゃった？』と、ガーンとショックを受けたみたいに由貴を見上げてくる。

「心配しなくても大丈夫。恭介さんの一番はプウだから。他の子にヨソミしたりしないよ」

よしよしと慰めていると、いつの間にか恭介が店員に囲まれていた。恭介の魅力に惹《ひ》き付けられるかのようにして若い女性店員が三人もやってきて、傍の台に色とりどりのハーネスを並べ始める。更には新しいリードやキャリーまで運ばれてくる。

「……恭介さんって、凄いよね」

彼のモテぶりを目の当たりにした由貴は半ば啞然《あぜん》となった。しかしプウは『そう？　ご主人様はいつもあんな感じだよ』と、平然としているように見える。

「かわいいですね。男の子ですか？」

背後から声がして、由貴は振り返った。エプロンを身につけた背の高い男性店員が立っていた。人見知りをするプウは、いきなり現れた彼にびっくりしたようだ。由貴の胸元に顔を埋《うず》めてしまう。

「あ、怖がらせちゃいましたかね。すみません」

「いえ、大丈夫です。ね、ちょっとびっくりしただけだよね」

由貴が背中を撫でてやると、プウはちらっと上目遣いに見上げてきた。由貴が大丈夫と頷いてみせると、ホッとしたように鼻の先を擦り付けてくる。

店員が由貴とプウの様子を見て、へえと感心したように言った。

「凄く懐いてますすね。こんなに意思疎通の図れる飼い主さんは珍しいですよ。この子も安心しきってますし。何歳ですか？」

「今三歳なんです」

うさぎのプロにプウとの関係が良好だと認めてもらえたのが嬉しい。ストレスに弱いうさぎの性質を熟知しているので、彼は無闇《むやみ》にプウを触ろうとはしなかった。

「あ、お客様の髪に毛がくっついてますね」と、店員が由貴の頭を見て言った。「白いのでこの子のだと思います。取ってもいいですか？」

「え？　すみません、お願いします」

プウを抱きながら、少し頭を下げる。右耳の上辺りを軽く引っ張られる感覚があり、「取れましたよ」と店員がそれを見せてくれる。確かにプウの抜け毛だ。もふっとした綿毛のような塊を頭にくっつけていたらしい。

「ありがとうございます」

「いえいえ、秋は抜け毛の季節ですからね。でもちゃんとブラッシングをしてもらっているみたいで、綺麗な毛並みをしてますよね。かわいいな、ご主人様が大好きなんですね」

「あ、俺はこの子のご主人様じゃないんです。本当のご主人様は……」

「由貴」

その時、ぐっと二の腕を摑まれて引き寄せられた。ハッと振り向くと、恭介が不機嫌そうな顔をして立っていた。

「……恭介さん」

ついさっきまで彼を取り囲んでいた女性店員たちは、何があったのか三人とも気まずそうな顔をしてこちらを遠巻きに見ていた。

恭介がジロッと男性店員を見やる。店員がビクッとして由貴の傍から一歩後退《あとじさ》った。

「あ、そうだ。この人がこの子のご主人様です」

由貴が恭介を紹介すると、店員は「そ、そうですか」となぜか笑顔を引き攣《つ》らせる。

「由貴、行くぞ。向こうにもまだたくさんあった。プウにはあっちの方がよさそうだ」

突然、恭介が由貴の手を握った。

びっくりして目をぱちくりとさせる由貴を、恭介は強引に手を引いてその場から移動させる。

「あまり一人でふらふらするな」

不機嫌そうに言われて、由貴は戸惑った。

「……あの、恭介さん」

「何だよ」

「あ、あの、手……」

蚊の鳴くような声で言った自分の顔が、火を噴いたみたいに熱くなるのがわかった。

「え?」と恭介が振り向く。そこで初めて自分が由貴の手をがっちりと握りしめていることに気がついたのか、ぎょっとしたような顔をしてすぐさまパッと手を放した。

「……悪い」

由貴は火照らせた顔を思い切り横に振る。バツが悪そうに視線を宙に彷徨わせていた恭介の横顔も心なしか赤らんで見えた。

恭介とあれこれハーネスを見比べながら、プウに似合うものを探すのは楽しかった。たくさんの中から何とか三着にまで絞り込む。最後はプウの独断で勝敗が決まった。

ちょっとお兄さんっぽいボーダー柄のハーネスだ。プウが気に入ったようで、前肢でこれを指し示したのである。

会計を済ませて店を出る。あれほど恭介に付き纏《まと》っていた女性店員たちは、最後は蜘蛛《くも》の子を散らしたようにいなくなっていた。念のために本人に訊ねてみたが、恭介は「さあ？」と嘯《うそぶ》くばかりで何も教えてはくれなかった。

店内ばかりでなく、とにかく恭介は人目を惹くので、彼が歩けば女性が振り返る。一緒にいると気後れしてしまいそうだったが、当の恭介は周囲の視線などまるで空気と同じ扱いで、気にも留めていないような素振りだった。話しかけられても、人当たりのいい笑顔と物腰でさらっと受け流し、やればできるのだなと由貴はこっそり感心したものだ。自分の店でもこうやって対処できていればトラブルもなかっただろうにと思うが、それはまた別の問題なのかもしれない。

通りかかった公園で、さっそくプウに新しいハーネスを装着させて遊ばせてやることにした。

恭介も一緒に外で遊ぶのは二度目だ。

前回は、由貴が休みの日に恭介が手の空いた時間に店を抜け出してきてくれて、うさんぽの仕方を教えてもらったのだ。

それ以来なので、プウは大はしゃぎだった。

新しいハーネスはプウによく似合っていた。そう考えて、ふいにまたオレンジ色のそれを思い出してしまう。

「どうした？　そんなところに突っ立ったままで。なあ、プウ」

恭介が少し息の上がったプウを抱き上げて、由貴の傍に寄ってきた。プウのかわいらしい丸い目が『どしたの？　あそばないの？』と問いかけてくる。

由貴はプウの頭を撫でながら、僅《わず》かに目を細めた。

「新しいのもすごくよく似合ってるけど、前のオレンジ色の水玉模様も、プウには似合ってたなと思って」

「まだ気にしていたのか」

恭介が呆れたように言った。

「真野さんにもちゃんと謝らないと……」

「大丈夫だよ。あっちはまったく気にしてないと思うぞ。そういう性格だから」

素っ気ないが、彼女のことはよく知っているとばかりの口ぶりに、由貴の胸がズキッと痛む。思わず彼女に嫉妬してしまいそうになる自分が嫌だった。

「お前はどうでもいいことに気を遣いすぎだ。プウももう忘れてるぞ。偽物のニンジンよりも本物のニンジンの方がいいもんな」

おやつのニンジンスティックを齧っていたプウが、むふっと鼻の穴を動かした。

恭介は面倒くさそうに言うが、由貴は真野と初めて会った時に、彼女が懐かしそうにニンジンのチャームを眺めている姿を間近で見ているのだ。

恭介が知らないだけで、真野にとっては何か特別な思い入れがあるものだったのかもしれない。彼女はいまだに恭介とプウが自分の選んだハーネスを使い続けていると知って、嬉しかったのだと思う。

断じてわざとではないが、その思い出の品を第三者の由貴が失くしてしまったのだ。

恐ろしいのは、自分の心のどこにも恭介と真野の関係を羨《うらや》む気持ちが一切なかったとは、言い切れないところだった。恭介への想いを自覚してからは余計に、自分が無意識のうちに二人の思い出から目を背けようとしていたのではないかと疑ってしまう。

いつもプウを抱き上げる際に、例のニンジンチャームがちょうど手の甲を掠めることは知っていた。当時、その感触がなかったことに、どうして自分は気づかなかったのだろう。

「おっ、またプウがうずうずしてきたぞ。うちの子は元気いっぱいだな。今日も毛並みはつやつやで世界中のうさぎの中でお前が一番かわいいぞ。よし、次は由貴に遊んでもらうか」

リードを渡されて、由貴はハッと我に返った。プウが期待に満ちた眼差しで『あそぼ、あそぼ』と誘ってくる。

せっかくの楽しい休日なのだ。由貴だって今日がくるのをそわそわしながら待ち侘《わ》びていたのに、自らつまらなくしてどうするのだ。——心の中で自分を叱咤《しった》すると、由貴は「プウ、行こうか」と両手を差し出した。恭介の腕の中から這《は》い出てきたプウを引き取る。

しばらくプウと一緒に遊んだ。途中から恭介も輪の中に入ってきたので、プウがぴょんぴょん飛び跳ねて大変だった。家の中だとここまで走ったり跳んだりができないので、思いきり動き回れるのが楽しくて仕方ないようだ。

大分運動したので、そろそろ休憩にしようと恭介が昼食の用意を始めた。

持参したプウの食事をセッティングし、由貴たちもうさぎ専門店からここへ移動する途中のカフェでテイクアウトしたバゲットサンドを食べる。

以前から恭介が気になっていた店だそうで、一緒にハーブチキンのサラダやキッシュも買い込んでいた。飲み物だけは恭介が自動販売機で温かいものを買ってきてくれる。

すべて味の違う三種類のキッシュを二人で一緒に食べた。恭介は「これはイマイチ」「こっちはまあまあだな」と、それぞれの味を確かめている。気になる店があると、休日にふらりと出向いては食べ比べをしているらしい。

キッシュもバゲットサンドもサラダも、どれも美味しかったが、由貴には同じものでも恭介がいつも作ってくれるものの方が美味しく感じられた。

そう正直に感想を伝えると、恭介が面食らったような顔をしてみせた。

「お前の俺への評価は、思った以上に高いんだな」

少し照れ臭そうにしてみせる。

「最初はあれだけ俺のことを嫌ってたくせに」

意地悪く言われて、由貴は口ごもった。

確かにそうだ。恭介みたいに気が短く人の話を聞かずに自分の考えだけを一方的に押し付けるタイプの人間は、由貴が一番苦手とする人種だった。だが、由貴もまた彼の一面だけを見てそれが恭介のすべてだと思い込み、愚痴っていたのだから、人のことは言えない。

口が悪くぶっきらぼうな恭介の別の一面を知るたびに好意が積み重なっていった。一緒にいればいるほど、彼の本当の優しさを知って好きだという気持ちが増していく。その好きだという想いは、いままで由貴が使っていた言葉の意味とはまったく違う別の感情なのだと知った。

日常生活でつながりをもった人たちに対する好意が親愛の意味なら、恭介に対するこの気持ちは正に恋愛だ。

由貴の胸がドキドキするのは恭介だけだし、切なくなるのも彼だけなのだ。

「由貴、ありがとうな」

唐突に恭介に言われて、由貴はきょとんとした。

「雑誌の取材のことだよ。お前に後押ししてもらったから」

「俺は何もしてないですよ」

「利用できるものは利用しろって、お前が言ったんじゃないか」

え？　と由貴は戸惑った。あれはただ恭介の料理を食べられないなんてもったいないないなと思っただけで、何も彼の意思を後押しするつもりで言ったわけではない。

だが恭介は当然のように言った。

「顔出しはするなって言うから、きちんと交渉したぞ。向こうは最後まで渋ってたけどな。この前の打ち合わせでもまだしつこく粘ってきて、あと少しで追い返してやるところだった」

本当は由貴が熱を出して倒れた日に打ち合わせが行われるはずだったのだが、スケジュールの変更があったらしい。結局、その日は店の開店時間をずらして恭介がずっと由貴の看病をしてくれたのだ。

甲斐甲斐しく世話を焼かれ、甘やかしてもらって、由貴はいっそこのまま熱が下がらなければいいのにと思ってしまったほどだった。

「俺の料理をお前が好きな本で譬《たと》えてくれたのが嬉しかった。お前は自分が興味のあることに関しては、子どもみたいに目をきらきらさせて鼻息をフンフンしながら語るからな」

「えっ、そうなんですか？」

自分でも気づかなかった恥ずかしいクセを指摘されてカアッと頬が熱くなる。

またそれが恭介のツボにはいったのか、腹を抱えて笑い出した。

「口にソースがついてるぞ。まったく、本当に子どもみたいなヤツだな」

恭介がふいに手を伸ばして、由貴の口元を指先で拭《ぬぐ》った。

驚いてビクッと過剰に反応してしまい、手から残り少ないバゲットが零れ落ちる。

「あっ」

慌てて受け止めようとして、前のめりになる。だがすぐ傍にはプウがおとなしく食事をしていて、彼にぶつからないよう必死にバゲットを手のひらで打ち返しながら、咄嗟に体を捻《ひね》った。「危ない」と、恭介が由貴を支えようと覆い被さってくる。

ドサッと倒れ込んだ。

ハッと見上げると、恭介が由貴の顔の両側に手を突いて見下ろしていた。

思いがけない体勢で見つめ合うことになり、途端に由貴の心臓は壊れたみたいに大きな音を鳴らし始める。

恭介も驚いているようだった。すぐに起き上がるのかと思ったが、しかしなかなか彼は動こうとしない。

どこか熱っぽさを孕《はら》んだ目にじっと見つめられて、もう心臓がはちきれそうだ。

「由貴……」

恭介が由貴の髪を優しく撫でる。手つきがいつもと違うような気がして、触れられた箇所からぽっと彼の体温が移ったみたいにカッカとしてくる。

由貴の名前を呼んでそれっきり黙ってしまった恭介が、ふっと目を細めた。一瞬で空気が変化したような錯覚を抱き、濃密な雰囲気が想像を超える何かを予感させる。

心臓がドクドクと激しく脈打つ。

恭介の指が由貴の柔らかい耳朶《じだ》に触れた。親指と人差し指で挟み、もてあそぶように触ら

れて思わずぞくっと背筋が戦慄《わなな》く。恭介の美貌が僅かに近付いたような気がした。

「……っ」

もふっと白い塊に視界を覆われたのはその時だった。

「――え？」

交錯する二人の視線を断ち切るようにして、間に割り込んできたのはプウだ。由貴の頭上から覗き込むようにして、ツヤツヤとしたつぶらな瞳が見つめてくる。

『なにしてるの？　仲間に入れて』とでも言うように、仰向《あおむ》けに寝そべった由貴の頬を鼻先でツンツンつついてきた。

「わっ、ご、ごめん！　プウ」

慌てて起き上がって、由貴はプウを抱き上げる。恭介もバツが悪そうに頭を掻いている。

胸はまだ早鐘のように鳴っていて、息をするのも苦しいくらいだった。プウを抱き締めながら懸命に呼吸を整える。顔全体が熱く、赤らんでいるのが自分でもわかる。

ドラマや漫画でしか見たことのない体勢を、まさか自分が経験するとは思わなかった。しかも見下ろす側ではなくて、見上げる方だ。

もちろん単なる事故だが、それから後の恭介の行動は一体何だったのだろうか。今まで由貴が見たことのない恭介だった。触れられた髪や耳朶がまだ熱い。

もし、プウが来てくれなかったら――今頃、どうなっていたのだろう。

一瞬、恭介の顔が近付く気配がしたが、あれは気のせいだったのだろうか。あの恰好でどれだけの時間を見つめ合っていたのか、思い返しただけでも胸の高鳴りが大きくなる。

実際はほんの数秒だったのかもしれない。恭介だってただ体勢を立て直そうとしていただけかもしれない。

そうとは知らず、一人で盛り上がってその先の何かを期待してしまいそうになった自分が恥ずかしかった。

恭介は今、何を考えているのだろうか。

プウを撫でながらちらっと彼を見やる。

途端に目が合った。待ち構えるようにして、恭介が由貴のことを見つめていたからだ。

ぶわっと体温が跳ね上がる。火を噴いたみたいな顔の熱さに自分で驚き、慌てて恭介から視線を剝《は》がした。意識しすぎておかしくなりそうだ。

その時、どこかで聞き覚えのあるバイブの音が鳴った。

傍に恭介の携帯電話が落ちていて、由貴は拾い上げる。

「あ、恭介さん、電話……」

何の気なしに画面に表示された名前を見てしまった瞬間、ぎくりとした。舞い上がっていた気持ちが一気に下降する。電話は真野からだった。

携帯電話を受け取った恭介が小さく息を吐く。すっくと立ち上がると、携帯電話を耳に押し当てながら歩き出した。

何の用事だろう。仕事の話だろうか。

プウを膝に乗せて頭を撫でながらも、気になってチラチラと恭介の後ろ姿を盗み見る。

電話を終えた恭介が振り返り、思わず目が合ってしまった。

露骨に逸らすと、恭介が「由貴」と言った。

「悪い。これから少し打ち合わせの続きをしたいんだそうだ。戻らなきゃいけなくなった」

「――あ、そうなんですか」

「せっかく、休みが重なったのにな。他にもどこか連れて行ってやりたかったんだけど」

「仕事なんだから仕方ないですよ」

聞き訳のいいことを言う由貴の頭を恭介がぽんぽんとした。

「そうだ、お前も一緒に来るか？　うちの店だから何か作ってやろうか」

「……いえ、俺はプウと先に帰ってます。いっぱい遊んだんで、プウも眠たくなってきたみたいだし」

由貴の膝の上でペタンと耳を倒してくつろいでいるプウは、うとうとし始めていた。

「そうか。じゃあ、帰るか」

「はい」

領いて、立ち上がる。

キャリーを持って歩く恭介に、由貴は半歩遅れてついていく。

かかってきた電話が真野からだと知った瞬間、ぎょっとしたのだ。

まるで由貴の邪《よこしま》な感情に釘を刺すかのようなタイミングだった。

このまま恭介の傍にいたい。恭介の隣を他の誰かに取られたくない。

もしかしたら真野も同じことを考えているのかもしれない。

恭介が真野と会うのは仕事なので仕方ない。でも、二人が仲良さそうに口喧嘩をしている様子はあまり見たくないなと思いながら、小走りに歩幅を埋めて急いで恭介と肩を並べた。

10

由貴は書架に本を並べながら、ちらっと壁時計を見た。

時刻は正午を少し過ぎたところ。ちょうど食事時なので館内も人がまばらだ。

「桃山くん、休憩に入っていいよ」

カウンターに戻ると、戸倉《とくら》がそう言った。

「ありがとうございます。じゃあ、お先に休憩に入らせてもらいます」

由貴はブックトラックを元の場所に戻すと、荷物を持って外に出た。

十一月に入ったが、今年は平年と比べて暖かいせいかあまり紅葉が進んでいない。去年はこの時期にはもっと公園の木々が色付いていたような気がすると思いながら、ベンチに腰掛ける。上着もまだカーディガンを羽織るくらいで十分だ。

北風が冷たく感じ始めるいつもの十一月らしさはないが、外で弁当を広げるにはちょうどいい気温である。これからもっと寒くなれば、さすがに外での食事はつらい。恭介の手作り弁当を青空の下で食べるのが由貴の日々の楽しみなので、なるべく暖かい晴れの日が続いて欲しいなと思う。

弁当箱を取り出して、「いただきます」と手を合わせた。

ふと恭介の顔が浮かんだ。彼はインタビューにきちんと笑顔で答えているだろうか。

今日は、【Ｍｏｕ】が雑誌取材を受ける日なのだ。

プロのカメラマンも入って、店の外観や内装、料理の写真を撮影するのだという。

少しでも写真映りがよくなるように、昨日は由貴も鈴谷と一緒になって店の掃除をしたのだ。恭介は撮影用の料理を作るための仕込みが忙しく、昨夜は遅くまで三人して動き回っていた。

今朝もバタバタしていたので弁当は断るつもりだったが、どうせ一緒だからと恭介はいつも通り由貴のために作ってくれたのである。

弁当箱の蓋《ふた》を開けると、今日のメインはロールキャベツだった。

昨日、恭介が厨房で巻いていたそれだ。弁当用に小さく作ったロールキャベツは汁漏れしないように周囲に鰹節《かつおぶし》が敷いてあった。店のメニューはトマトソースでじっくりと煮込むのだが、これはタネ自体にケチャップが混ぜてあってしっかりとした味が付いている。やわらかいキャベツは甘味があって、中のひき肉もジューシーだ。冷めてもとても美味しい。ロールキャベツの出汁《だし》を吸った鰹節は、ホウレン草のおひたしに和《あ》えて食べる。肉汁と一緒に白米の上にのせて食べるのもまた格別だった。

今頃は撮影の真っ最中だろうか。今日はランチタイムを休業して、通常営業は夜からだと聞いている。無事に取材が終了すればいいなと思う。

インタビュアーは真野だから、恭介とも息が合って、きっといい記事になるはずだ。そう考えた途端、急に胸がもやもやとし始めた。仕事だとわかっていても、二人が一緒にいる姿を想像しただけで、胸のざわつきが一層激しくなる。

「あ！　こんなところにいた」

いきなり背後から声が聞こえてきて、由貴はびくっと背筋を伸ばした。

振り返ると、なぜかそこに真野がいた。

正に今、頭の中に登場していた人物だ。妄想と現実がごっちゃになって、ぎょっとした由貴は一瞬固まってしまう。危うく箸を取り落とすところだった。

「お弁当だ、美味しそう。隣に座ってもいい？」

訊いておきながら返事は待たずに、真野はさっさと由貴の隣に腰を下ろした。

「ま、真野さん……え？　あれ？　今日は取材のはずじゃ……」

「うん。今日の気紛れシェフはかなりご機嫌だったみたい。こっちも途中で喧嘩にならないように気合いを入れて挑んだんだけど、これが意外なことにとんとん拍子に進んでね。予定よりも随分と早く終わっちゃったのよ」

「そうなんですか」

無事に取材が終了したと聞いて、由貴はほっとした。一仕事終えた真野も安堵《あんど》したのか嬉しそうだ。コーヒーショップのテイクアウトカップに口をつけながら、彼女が言った。

「だからね、帰る前に桃山くんに会いに来ちゃった」

「え？」由貴は思わず訊き返した。「俺にですか？」

真野が笑顔で頷く。

「でも、【Ｍｏｕ】からここに辿《たど》り着くまで、途中で道に迷っちゃってね。親切なおじいさんに連れてきてもらったのよ。あのおじいさん、桃山くんのことを絶賛してたわよ。いつもニコニコ笑顔で、丁寧に対応してくれるいい司書さんだって。図書館に行って、桃山くんとお話をするのも一つの楽しみなんですって。読書家だから、おすすめもいろいろと教えてくれるし、おかげで老後の趣味が一つ増えたって、嬉しそうに話してくれたわよ」

由貴は目をぱちくりとさせた。「司書の鑑《かがみ》だね」と真野に言われて、由貴は照れ臭さに頬を熱くした。そんなふうに言ってもらえると司書冥利に尽きる。

嬉しくて思わず頬を弛める由貴を、真野はくすくすと笑いながら見つめて言った。

「恭介に桃山くんが落ち込んでるって聞いてね。プウのハーネスにくっついてたニンジン。あれ、なくなっちゃったんだって？」

唐突に問われて、由貴はぎくりと顔を引き攣らせた。

次に彼女と会った時には、正直に話してきちんと謝ろうと考えていた。今がその時だ。

由貴は持ち上げた箸を一旦下ろし、「ごめんなさい」と彼女に頭を下げた。

「散歩中になくなっていることに気づかずに、家に戻ってしまったんです。その時にすぐ探していれば見つかったかもしれないのに。あれからも心当たりのある場所は探したんですけど、全然見つからなくて――……ごめんなさい」

「桃山くん、真面目《まじめ》だなあ」

真野が冗談めかしたように言った。

「そんなに謝らなくてもいいわよ。もう古いんだから、あんな小さな飾りなんてちょっとしたことでポロッと取れちゃうって。プウもよく動くしね。たまたま桃山くんが連れていた時になくなっただけなんだから、もう気にしなさんな」

ぽんぽんと肩を叩かれる。

「でも、あれは真野さんがプレゼントしたものなんですよね。何か特別な思い出とかあったんじゃ……」

「いや、お店で見つけてかわいいなって思ったから買ったのよ。でも私、プウと一緒にうさんぽに出かけたことは一回しかないのよね。それもリードが絡まっちゃって、プウとふたりでぐるぐる巻きになってね、危うく窒息するところだったわ。後から恭介に、『もうお前はプウに近付くな！』って物凄い形相で怒られたんだから。どちらかと言うと、あまりいい思い出じゃないわね」

遠い目をした彼女がしみじみと言った。

「本当なら、あの時にニンジンが外れててもおかしくなかったのよ？　ふたりして相当暴れたからね。あれからプウはうさんぽが苦手になっちゃって、それで恭介と私までぎくしゃくして——……そんな感じで終わっちゃったのよねえ」

空を仰ぐ真野の横顔をチラッと盗み見て、由貴は何とも言えない気分になる。

「でも、プウがまたうさんぽしてるのを見て正直ホッとしたわ。桃山くんにすごく懐いちゃってて、ちょっと嫉妬したくらいよ。当時はプウも少しは私に気を許してくれてたみたいだけど、あのぐるぐる巻き事件以来、ずっとそっぽ向かれ続けたからなあ。恭介なんてさ、『プウが怖がるから、もううちには来るな』って怒鳴りつけてくるし。わざとじゃないのに、ちょっと酷いと思わない？」

当時の記憶が蘇ってきたのか、彼女は綺麗な顔を盛大に歪ませてぶつぶつ愚痴りだした。

「その点、桃山くんはすごいわよね」

「え？」

訊き返すと、目の合った真野がおどけたように首を傾げてみせた。何も答えることなくただにっこりと微笑む。

「それ、恭介が作ったお弁当？」

突然、彼女が由貴の弁当箱を覗き込んできた。

「へえ……桃山くんのために、毎日こんな手の込んだものを作ってるんだ？」

言葉に何か含みを感じて、由貴は慌てて言い訳をした。

「あ、これはお店の食材が余って、それでもったいないからって、恭介さんが作ってくれるもので。その、だから、真野さんが心配するようなことはないですから……」

「私が心配することって？」

きょとんとした真野が訊き返してくる。

焦った由貴は余計なことを口走ってしまったと後悔する。だが、じっと見つめてくる彼女の追及から逃れられず、おずおずと核心を衝いた。

「真野さんは、恭介さんのことをまだ好きなんですか？」

真野が一瞬、時間が止まったように動かなくなった。

「……は？」

よほど見当違いのことを言われたとばかりに、彼女はぽかんとして、そして次の瞬間、カッと目を見開いた。

「ちょっと、冗談やめてよ！　あんな無神経なヤツをいまだに私が好きなわけないでしょう！」

あまりの剣幕に、思わず由貴はおろおろとしてしまう。

「あ、あの、気を悪くしたなら、ごめんなさい」

「気も悪くなるわよ、あんな顔だけいい男。黙って笑ってたら優しそうに見えるのに、口を開けばまったく優しくないし！　ズケズケと平気で人を傷つけるんだから！」

「そんなことないですよ！」

咄嗟に言い返した由貴に驚いたのか、真野が押し黙った。

「恭介さんは優しいですよ。言葉を選ばないのできつく感じますけど、でも言ってることは間違ってないです。ちゃんと親身になって話を聞いてくれるし、自分が悪いと思ったらきちんと謝る人です」

一瞬、沈黙が落ちた。

「……そう。桃山くんがそう思うなら、それでいいんじゃない？」

「え？」

「きっと、あなたたちは相性がいいのよ。でも、私とは合わなかった。そういうことでしょ」

真野があっけらかんと言った。

「一回目の打ち合わせの日ね、当日になって急に恭介から別の日に変更してくれって電話がかかってきたの。あの日――桃山くん、熱を出して寝込んでたんだって？」

由貴は戸惑った。

「あの日は、前日から打ち合わせ日が変更されていたんじゃなかったんですか？」

「まさか」と、真野が目を大きく瞠《みは》って首を横に振った。

「病人がいて心配だからってドタキャンされたのよ。信じられる？　子どもならわかるけど、相手は成人男性でしょ。医者に診せて薬ももらっておいて、でもやっぱり心配だから家から出られないって、仕事を何だと思ってるのかしらね。おかげでスケジュールを組み直すの大変だったんだから」

「す、すみません」

　初耳の話に由貴は動揺する。

「俺、てっきり真野さんの都合で変更になったのだとばかり思ってて」

「そこは、別に桃山くんが謝るところじゃないわよ」

　真野が苦笑した。

「でも、私が熱を出してもお見舞いにも来てくれなかった男なのよ？　当然、お弁当なんて作ってもらったこともないわ。あの男にとっても、桃山くんは特別だってことよ。何だか、話を聞いてると可愛くて仕方ないって感じだったもの。大体、あの厭味《いやみ》ったらしい男と一緒に暮らしている時点で、桃山くんは凄いわ」

「それはたぶん、恭介さんにとっての俺はプウと同じ枠なんだと思います。プウと合わせて癒やしだって言われましたから」

「だからそれが凄いんだって。私なんて、プウと比べものにならないくらい扱いが雑だったんだから。文句を言ったら倍になって返ってくるし、よく放っておかれたわよ。自分のペースを他人に崩されるのが嫌な人だからね。付き合うきっかけも、こっちの粘り勝ちみたいなもんよ。だから、癒やしなんて一度も言われたことがないわ。うるさい女だとはよく言われたけどね」

真野の言葉に、由貴は戸惑うばかりだ。どう受け取っていいのかわからない。

「今となっては当時の私は何であんな男を好きだったのか不思議だもの。考えたんだけど、やっぱりあの顔にコックコート姿は反則よね。ただでさえ人目を惹くのに、制服で三割増しになるから」

確かに、店の厨房にいる恭介は家とはまた違った恰好良さがある。

「口を開くとアレだけど、黙々と料理を作ってる姿を見てるのは好きだったのよね。仕事には熱心で真面目だし」

「……そうですよね」

「手先は器用だけど、その他は不器用。人間関係は特にね。だいぶ耐えたみたいだけど、前の職場でいろいろ揉《も》めてからちょっと人間不信なところもあるし。才能がありすぎるのも困りものよね。女の嫉妬も怖いけど、男の嫉妬はみっともないわ。そのせいで、あの見た目のくせに女の子そっちのけでうさぎばっかり構うようになっちゃって」

恭介もいろいろとあったのだ。由貴はこくこくと頷いて相槌《あいづち》を返す。

だが、由貴は恭介のそのギャップが好きだ。店の中では凛然《りんぜん》とした立ち姿できびきび動いているのに、家に戻った途端に気を緩めてプウとじゃれ合うところとか、上品に微笑んでいそうな王子様顔で、腹を抱えながら大笑いするところも意外で素敵だと思う。

「桃山くん、恭介のことが好きでしょ。もちろん恋愛の意味で」

「はい」

思わず頷いてしまった由貴は、ハッと我に返って慌てて首を左右に振った。

「あ、いっ、今のは違います」

焦って言い訳がしどろもどろになる。

「つい流れで。俺、男だし。全然、そういうんじゃなくて、だから恭介さんには今のは……」

「えー、別にいいじゃない。男だろうが、女だろうが。恋愛は自由よ？　大丈夫。私、そういうの偏見ないから、応援するわよ」

由貴はカアッと羞恥に顔を火照《ほて》らせて、観念した。

「俺、真野さんのことを誤解していました。真野さんは、恭介さんとヨリを戻したいのかと思ってました」

真野がプッと噴き出す。

「そんなわけないじゃない。それに私、桃山くんより一足先に幸せを摑んだんだからね」

そう言って、左手をひらひらとさせてみせる。

彼女のほっそりとした薬指には指輪がきらりと光っていた。

由貴が弁当を食べ終わるまで、真野は延々と惚気話《のろけ》を聞かせてきた。

婚約者との出会いからプロポーズまで。幸せそうに語る真野は相手の男性のことが大好きで仕方ないようだった。私とは合わなかった――彼女は恭介のことをそう言っていたが、今の彼とはそうではなかったのだろう。真野は自分にぴったりの相手を見つけたのだ。

幸せのお裾分けで頭がいっぱいになり、何だか拍子抜けしたようにぼうっとする。真野の結婚予定報告を聞いて、もやもやと沈んでいた由貴の胸の内はあっけなく浮上した。

まずはハーネスの件をきちんと謝ることができてよかった。

そして、真野の心中がはっきりとわかり、もう恭介との仲を疑う必要もなくなった。更に、彼女には由貴の恭介に対する気持ちまでばれてしまった。

「桃山くんも頑張ってね」と、最後にエールを送って去っていった彼女のことを思い出しながら、由貴は小さくため息を吐く。

頑張るといっても、どうやって頑張ればいいのかわからない。おそらく由貴自身、自分がこの先どうしたいのかもまだよくわかっていないのだ。恭介のことが好きだと気づいたまではよかったが、そこから先をどう動けばいいのか、想像が追いつかない。

あの男にとっても、桃山くんは特別だってことよ――真野の声が蘇った。

それを言われた時は嬉しかったが、後になって、真野の言う『特別』と恭介の『特別』が同じだとは限らないのではないかと考えた。たとえば前者が恋愛寄りの意味で使っているとすると、後者は対象をそこに限定せずイキモノとしての癒やしを求めている気がする。

恭介の『特別枠』の頂点に君臨するのはプウだ。とするとやはり、プウと同じくらい特別ということは、恭介の中では最上級扱いなのかもしれない。

――人間でこんなに癒やされる相手に初めて会ったな……。

以前、恭介が由貴に言った言葉だ。

それが彼にとっての『特別』を意味していたのなら、由貴はそれでもいいかと思う。

恭介に喜んでもらえると、由貴も嬉しくなる。自分が傍にいることで恭介が癒やしを得るのなら、それはすごく幸せなことではないか。

恭介の笑顔をできるだけ近くで長く見ていたいと思う。今の由貴の願いはそれくらいだ。

更にそれ以上を望んでは今ある幸せまでなくしてしまうような気がして、俄《にわか》に怖くなった。

恋愛というのは難しい。もっと心がふわふわして楽しくて仕方ないものだとばかり思っていたが、実際は頭を使うことがたくさんある。

自分のことばかり考えて行動しては相手を困らせてしまうかもしれない。好きな人が困る姿は見たくないので、慎重に動かなければいけない。その前に、男同士という最大の壁がある。

恭介が由貴の気持ちを知ったら、どう思うだろうか。

やはりいい気はしないに違いない。同居している男に自分がそんな邪な目で見られていると気づいたら、普通は嫌悪感を抱くだろう。

だが恭介は優しいので、とりあえずは切羽詰まった由貴の話をきちんと聞いてくれる気がした。しかしその瞬間から、彼との間には目に見えない境界線が張られてしまうのだろう。

結局、いくら考えたところで、恭介と今の関係を続けたいのなら、この気持ちは表に出さずに隠し通すのが一番なのだ。バレてしまったら、もうあの家にはいられない。

午後からの由貴の仕事はデスクワークが中心だった。

『図書館だより』に載せる新刊図書やおすすめ図書の紹介文を書いたり、ポスターを作ったりしているうちに、あっという間に時間が経ってしまった。

ずっと椅子に座りっぱなしだったので、筋肉が凝り固まっている。肩や首を回すとコキッと小気味いい音がした。

「桃山くん、お疲れ様」

返却図書を書架に戻して回っていた戸倉が声をかけてきた。

「お疲れ様です」

「そういえば、今日は桃山くんの誕生日よね？　おめでとう」

唐突に言われて、由貴は目をぱちくりとさせた。

「――あ」

ハッとする。その様子を見た戸倉が「え、自分の誕生日を忘れてたの？」と笑った。

「あ、いえ」由貴は照れながら首を横に振る。「今朝までは覚えていたんですけど……仕事をしているうちに、頭から抜け落ちてました」

朝起きて、カレンダーを眺めながらぼんやりと思ったのを最後に、すっかり忘れていた。そんなことよりも、今日は【Ｍｏｕ】にとっての大事な日だったし、昼休憩には真野までやって来たから、それどころではなかったのだ。

戸倉が職員に由貴のボケっぷりを言いふらし、みんなから笑われてしまった。

「そうか、今日は桃山くんのお誕生日だったね。おめでとう」

館長をはじめ同僚からも祝ってもらって、由貴は面映い気持ちで礼を返す。

「ありがとうございます」

「今日は彼女とお祝いをするの？」

唐突に戸倉に訊かれて、由貴はきょとんとした。

「彼女……ですか？」

「お昼休憩に公園のベンチで一緒に座ってたじゃない。あの人が桃山くんの彼女じゃないの？　綺麗な人よね。年上みたいだったけど」

「え⁉」

誰のことを言われているのかすぐに思い当たって、由貴は慌てて首を横に振った。

「ち、違いますよ。あの人はそういうのじゃないですよ。それに真野さん――あの女性は婚約者がいますから」

「あら、そうなの？」

戸倉が意外そうに言う。「最近の桃山くん、毎日うきうきしながら帰っていくから、てっきり家で誰かが待っているのかと思ってたわ」

由貴は思わず押し黙ってしまった。

自分が毎日仕事終わりに向かう場所といえば、【Ｍｏｕ】しかない。戸倉に『うきうきしている』と図星を指されて、由貴はどぎまぎした。確かにこれから恭介に会えると思うと、自然と胸が弾んでしまっていたことは否めないからだ。自分の無意識の行動を指摘されるのは、物凄く恥ずかしかった。それにしても、そんなにわかりやすく浮かれていたとは――これからは気をつけなければと反省する。

「そっか。じゃあ予定がないなら、みんなでゴハン食べに行かない？　せっかくの誕生日に一人ゴハンはイヤでしょ。そういえばここのところ一緒にゴハンを食べに行ってないわね。久しぶりに行きましょうか。もちろん奢るわよ」

戸倉に誘われて、由貴は咄嗟に口籠《くちご》ってしまった。

「あ――……すみません、今日はちょっと……」

申し訳なく思いながら断ると、戸倉がニヤッと笑う。「あら、やっぱり何かあるんじゃない。

桃山くんも隅に置けないわね」

戸倉に揶揄《からか》われて顔を熱くしながら、由貴はみんなに挨拶をして図書館を後にした。

もちろん、向かう先は【Ｍｏｕ】だ。

だが、恭介は今日が由貴の誕生日だとは知らない。

そういう話をしたことがないので、店は今日も夜から通常営業。取材も無事に終わったことだし、恭介は厨房で忙しく働いているはずだ。

昨日から話題に上るのはもっぱら今日の取材のことばかりだった。由貴もそちらに気をとられて、自分の誕生日は後回しだった。別に祝いを催促したいわけではないので、わざわざ自分から切り出す話でもないと思っていたのだ。とにかく、今日のメインイベントは【Ｍｏｕ】の雑誌取材なのである。

恭介は途中で真野とぶつかることもなく、いつになくご機嫌で打ち合わせ通りに取材に応じたそうだ。いっそ怖いほど協力的だったと、真野は不審がっていたが、由貴は心から無事に終わってよかったと思った。朝からずっと気になっていて、仕事中も時計を見ながらそわそわしていたのだ。だからその知らせは何よりの誕生日プレゼントになった。

あとは、自分なりの誕生日プランがあるので、それをこれから実行するつもりだ。

恭介が由貴の誕生日を認識しているかどうかは問題ではない。一年に一度のこの日だからこそ、みんなでわいわい楽しく過ごすのではなく、好きな人が作った料理を一人でゆっくりと味わいながらいつもより少し特別な幸せに浸りたいなと思っている。これも恭介が教えてくれた食事の楽しみ方だった。二ヶ月前までの自分なら考えられないことだ。

今日はニンジンのムースがあるだろうか。

いつもの財布に優しいプレート料理ももちろん美味しいけれど、今日は少し奮発したい気分だ。ワインはさすがに前科があるので止められるかもしれない。そういえばあれ以来、由貴はアルコールを口にしていなかった。一杯くらいなら恭介も目を瞑《つぶ》ってくれるだろうか。

でも調子に乗りすぎると、今の自分はうっかり余計なことまで口走ってしまいそうだ。絡んで愚痴るならまだしも、酔いに任せて愛の告白なんてことになったら取り返しがつかなくなる。やはりしばらくは禁酒だ。

とはいえ、いつも通りに過ごす分には問題ないだろう。

カウンター越しに恭介が働く後ろ姿を眺めつつ、美味しい料理を満喫する誕生日もなかなか乙だと思う。

浮かれた足取りで夜道を歩き、やがてすっかり見慣れた店の外観が現れる。

優しいオレンジ色のライトに浮かび上がる看板。薄暗い路地裏の闇の中、ぽっと手を差し伸べるように灯《とも》るほのかな明かりを見ると、心がほっこりとあたたかくなる。「おかえり」と言ってくれているかのようだ。

「あれ？」

店の前まで辿り着いて、ふとその場に立ち止まった。扉に見覚えのないプレートが掛かっていたからだ。

【本日　貸し切り】

由貴は戸惑った。

「貸し切り？　あれ、恭介さんはそんなこと言ってなかったのに」

——仕事が終わったら、いつも通り店に来い。待ってるから。

そう言っていたはずだが、急な予約でも入ったのだろうか。

もしかしたらと考えて、急いで鞄《かばん》の中から携帯電話を取り出す。しかし、恭介からの連絡は何も入ってなかった。

おかしいなと思いながら、首を伸ばして窓から店内を覗いてみる。見る限りでは客の姿は確認できなかったが、これから来店するのかもしれない。

恭介は厨房だろうか。入ってもいいのかな？　鈴谷の姿も見当たらず、途方に暮れた由貴は店先で行ったり来たりを繰り返す。どうしよう、今日は諦めて帰った方がいいだろうか。

うろうろしていると、突然扉が内側から開いた。

由貴はビクッと振り返る。

「何だ、由貴。来てたのか」

中から顔を覗かせたのは、恭介だった。驚いたような顔をしてみせた彼は、すぐにふっと頬を弛ませる。

「遅いと思って迎えに出てみたら、そんなところで何をしてるんだ。早く入って来い」

恭介が手招きをする。何か違和感を覚えて、由貴はじっと恭介を見つめる。そして気づいた。今日の彼はコックコートを身につけていないのだ。黒のカットソーにジーンズ。ラフな私服姿だ。――やはり何かあったのだろうか。

「恭介さん、扉に【貸し切り】って掛かってますけど。大人数の予約が入ったんですか？」

まさかもう雑誌の効果が出たわけではあるまい。まだ記事にもなっていないのだ。

踵《きびす》を返した恭介が、首だけで振り返った。何やら含みのある笑みを浮かべてみせる。

「予約は一名だ」

「え！　たった一人のためにお店を貸し切りにするんですか？」

一体どんな客だろう。びっくりしていると、恭介がなぜかおかしそうにくつくつと喉を鳴らし始めた。

「そうだよ。たった一人のために今日は貸し切りだ。ほら、早く入れよ」

「え、でも。これからお客さんが来るんですよね？」

「だから、その客がお前なんだって」

きょとんとして立ち尽くす由貴のところまで恭介はやって来ると、半ば強引に由貴の手を引いてさっさと店へ戻った。

「冷たい手をしてるな。寒かっただろ」

手の甲を擦りながらぎゅっと握られて、由貴は瞬時に現実に引き戻された。恭介のあたたかい体温が手のひらから直《じか》に伝わってくる。

カアッと頬が熱くなり、みるみるうちに全身の血液の温度が上昇し始めた。

「すっ、鈴谷くんは、どこですか？」

「鈴谷？」と、恭介が少し不満げに言う。「あいつなら、昼過ぎまで雑誌取材の仕事を手伝ってくれて、終わったら上がってもらった。今日はもう店を開く予定はなかったからな」

「え？」

思わず訊き返すと、恭介が何か文句があるのかという目つきで当たり前のように答えた。

「だから、ここには俺とお前の二人しかいない。最初からそのつもりでお前を呼んだんだ」

「――！」

由貴は面食らった。

「で、でも、朝はそんなこと何も言ってなかったじゃないですか」

「言ったらサプライズにならないだろうが。あ、今日はカウンターじゃなくてこっちだ」

恭介がテーブル席に由貴を連れていく。そこだけ真っ白なテーブルクロスが敷いてあり、完璧にセッティングされていた。

一輪挿しに赤い薔薇《ばら》の花まで活けてある。

恭介が椅子を引いた。

目線で促されて、由貴はまだ状況が飲み込めないままおずおずと腰を下ろす。

「少し待っていてくれ。今、料理を運ぶから」

「……はい」

由貴の頭をぽんぽんと優しく撫でて、恭介が厨房に向かう。

これは一体どういうことだろうか。由貴は恭介に撫でられた頭をそっと手のひらで押さえながら、心臓を高鳴らせる。

そこにいるのは確かに恭介だが、何だかいつもの彼とは別人みたいだ。何が違うのかと訊かれるとはっきりとは答えられないのだけれど、違和感というよりは、彼のその一挙手一投足に異様にドキドキさせられる。本当にどうしてしまったのだろうか。

そわそわしていると、料理が運ばれてきた。

「前菜のニンジンのムースだ」

恭介が器を由貴の前に置いた。店を訪れる前から今日は絶対に注文すると決めていたメニューだ。しかもいつもの器ではなく、カクテルグラスで出てきたことに驚く。

そして更に、オレンジ色のソースで飾り付けられたムースの表面を見て、由貴は大きく目を瞠った。

繊細な搾り出しで書いてあったのは、【HAPPY　BIRTHDAY】の文字。

「恭介さん、これ――……」

由貴はハッと顔を上げた。フルートグラスにシャンパンを注いでいた恭介と目が合う。

「何で？　俺、今日が誕生日だって話してないのに」

「この前、免許証を見せ合っただろ。あれで知ったんだよ」

恭介が何でもないように答える。

「というか、何でこんな大事なことを黙っているんだ。いつ話してくれるのかと待っていたのに、結局、今朝も何も言わずに出かけていくし。もし俺が気づいてなかったら、何もせずに今日一日を終えるつもりだったのかよ」

呆れたように言われた。

そういえばと思い出す。運転免許証には生年月日が記載されているのだ。由貴は恭介の写真にばかり気を取られていたけれど、彼は由貴の誕生日までチェックしていたらしい。

「……言うタイミングがなかったから、まあいいかと思って。もう子どもじゃないし、誕生日といってもただの平日だし、一つ歳《とし》をとるだけだから」

「お前にしては珍しく冷めたことを言うんだな。こういうめでたいイベントは子どもも大人も関係ないだろ。一年に一度だぞ？　しかも今年の誕生日は一生に一度しかないんだ。特別な日に決まってる」

ほら、とフルートグラスを渡された。恭介も向かい側の椅子を引いて腰を下ろす。すっと自分のグラスを差し出してきた。

「由貴、二十四歳の誕生日おめでとう」

「――――！」

思いがけず恭介に祝ってもらって、由貴は胸がいっぱいになった。一人でこっそり祝うはずだったのに――嬉しくて泣きそうになる。

「……あ、ありがとうございます」

チン、と二つのグラスが軽やかな音色を響かせた。黄金色のシャンパンが小さく波立つ。

一口含むと、爽やかな炭酸がしゅわっと喉で弾《はじ》けた。

心がふわふわと落ち着かず、すぐに酔いが回ってしまいそうだ。

店を貸し切りにしたのは由貴のためだったと知って、胸が詰まった。居ても立ってもいられないようなもどかしい感情が、胃の底から喉元までどっと迫《せ》り上がってくる。

恭介のことが大好きだ。大好きな彼に誕生日を祝ってもらえて、これほど嬉しいことはない。余計なことは言わずに、どうすれば最大限にこの気持ちを伝えられるだろう。

「恭介さん、本当にありがとうございます。俺、まさか恭介さんが誕生日を知ってくれているとは思ってなかったから。嬉しすぎてその、上手く言葉が出てきません」

対面で恭介がおかしそうに微笑んだ。

「お前が何を欲しいのかもわからないし、サプライズなんて大層なもんでもないけど、俺にできることはこれくらいだからな。また日を改めてどこか出かけるか。それまでに欲しいものを考えておいてくれ」

「そんな、もうこれで十分ですよ」

由貴は慌ててかぶりを振った。

「ニンジンのムース……これ、俺が一番好きな料理です。今日は絶対、これを注文しようと思ってたんですよ。食べてもいいですか？」

恭介が笑って「どうぞ」と言った。

綺麗に書いてもらった【HAPPY BIRTHDAY】を崩すのはもったいないが、そっと端からスプーンを差し入れる。

ほんのりとした上品な甘さのムースが口の中でとろけた。キャロットソースの甘酸っぱさがなぜだか妙に胸にジンとくる。

「……幸せです。すごく美味しい」

「安上がりなヤツだな」

恭介が少し呆れたように笑う。頬杖をつき、優しげに目を細めて由貴の食事する姿を眺めながら言った。

「プウだって自分の誕生日にはおもちゃを欲しがったのに。あいつのお気に入りのおもちゃがあるだろ？　あれは三歳の誕生日に買ってやったヤツなんだ」

「プウの誕生日っていつなんですか？」

「生まれた正確な日付はわからないから、うちにやって来た日を誕生日にしたんだよ。八月の二十五日」

「八月なんだ」

「今年の八月には、まだ由貴とは知り合ってなかったもんな。来年は一緒に祝ってやってくれ。あいつも喜ぶ」

由貴はハッと目を瞠った。

恭介があまりにも自然に一年後の話をしたので、びっくりしたのだ。一年経っても自分は恭介やプウと一緒にいられるのだろうか。まるでそうであることが前提とばかりに、恭介が未来について口にしたことが嬉しかった。

恭介は由貴を信用してくれているのだ。

だったら余計にその好意を裏切ることをしてはいけないと思う。オレンジ色の甘酸っぱいソースを舐《な》めながら、自分に言い聞かせた。——恭介が好きだ。だけどこの想いは、絶対に恭介に伝えちゃダメだ。胸の奥にしまい込んで、墓場まで持っていこう。

こんなふうに由貴の誕生日を知ってくれていて、祝ってもらえるだけで十分に幸せなのだから。

「由貴？　どうした」

急に黙り込んでしまった由貴を不審に思ったのだろう、恭介が訊いてきた。

「何でもないです。やっぱり、恭介さんが作ったものは美味しいなと思って」

由貴は慌ててスプーンを口に運ぶ。本当に美味しい。

実は先々週、司書の講習会に参加した時に、同僚とランチをした店でキャロットムースが出てきたのだ。それを食べた瞬間、あまりにも思っていた味と違ってびっくりした。恭介の味に慣れてしまった由貴には全体的に味が濃く、ざらざらとした舌ざわりが残ってあまり美味しいとは思えなかった。

「本当に美味しい。俺、もう他の店ではニンジンムースを食べられないです」

恭介が一瞬、きょとんとした顔をしてみせた。

「大袈裟《おおげさ》だな」

「そんなことないですよ。これが一番なんです。ニンジンムースだけじゃなくて、恭介さんの作る味に慣れてしまったから、今まで何にも考えずに食べていたものがあまり美味しく感じられなくて困ります」

「……いいんじゃないか、それで」

「え？」

手を止めて顔を上げると、恭介がどこか弱ったような仕草で首筋をしきりに擦っていた。

「俺も、お前に喜んでもらえるのが嬉しいし。お前は子どもみたいに素直で感情表現が豊かだから、本当に美味しそうにものを食べるだろ？　いつからか、野菜を切ったり鍋を掻き回したりしていると、お前のことを思い出すようになってさ。お前の体調とか、肌の調子にその日の天気。無意識に観察してメニューを組み立てるクセがついてしまった」

ちらっと視線をこちらへ向けた恭介が、照れ臭そうに眉根を寄せた。「そろそろ、次の料理にするか」と、おもむろに腰を上げる。

恭介が厨房に消えた後、由貴はシャンパンに口をつけながら彼の言葉を反芻《はんすう》した。

料理の最中に、恭介は由貴のことを思い出すと言っていた。——途端にカアッと体が熱くなる。それって、考えようによっては結構凄いことを言っているんじゃないだろうか。

恭介は料理を作るのが仕事だ。その大事な仕事中にも、彼は手を動かしながら頭の中では由貴のことを考えてくれているということだ。

由貴が図書館で恭介のことを想っている時に、恭介もこの店の厨房で由貴のことを考えている瞬間があったのだろうか。今食べたいなと思ったものが、何を言わなくてもすっと出てくるあの魔法のような感覚。あれって、恭介と何かが通じ合っていたんじゃないかな——想像しただけでドキドキしてきた。

もちろん、バカなことを考えていると自分でもわかっている。恭介自身は、特に深い意味があってあんなことを言い出したわけではないだろう。ただメニューを考える時にはそういうこともあるのだと話してくれただけだ。

だが、妄想逞《たくま》しい由貴の脳は、彼のその言葉の裏に何か特別なものが隠されているのではないかと必死に勘繰ってしまいたくなる。

ダメだろ、俺。こんなこと考えたら、益々あの人のこと好きになっちゃうのに――。

「お待たせ。次はスープだ」

恭介が戻ってきて、由貴はビクッと背筋を伸ばした。

「？　どうした？」

「い、いえ。何でもないです。次はスープですね……あ、これ」

目の前に置かれた器から温かい湯気が立ち上る。オニオンスープだ。

緑色のパセリが浮いた黄金色の水面を見つめると、たちまち記憶が蘇る。初めてこの店を訪れた時に飲んだのもこのスープだった。

「いただきます」

スプーンで掬《すく》ってゆっくり啜《すす》る。タマネギの甘さとほんのり和風のやさしい味が口いっぱいに広がった。懐かしい味だ。

ふいに鼻がツンと痛くなる。急激に喉元に迫り上がってきた熱の塊を慌ててスープと一緒にぐっと飲み下した。思い出に涙腺を刺激されて焦る。

「この席、覚えてるか？」

唐突に恭介が訊いてきた。

由貴はハッと顔を上げる。

「お前が初めてこの店に来た時、ここに座ってたんだよ」

「……っ」

正に今、自分も同じことを考えていたので驚いた。

目を丸くして恭介を見つめると、彼はニヤニヤと揶揄うような目線を返してくる。

「あの時はワインを二杯飲んで、酔っ払って潰《つぶ》れたんだっけ」

「うっ」

思わず言葉を詰まらせた由貴は、恥ずかしい過去を蒸し返されて羞恥に頬を熱くした。

「……その節は、ご迷惑をおかけしました」

「本当にな。大変だったんだぞ、寝たかと思えば急に大声で叫び出すし。散々俺の悪口を言って気が済んだ後は、こてっと倒れてかわいい寝息を立てながらぐっすり眠ってしまうんだもんなあ」

恭介が思い出し笑いをしてみせる。由貴は恐縮してますます小さくなった。

ちらっと彼の顔を上目遣いに窺うと、もうあの時に由貴が引っ掻いた頬の傷はすっかり消えていた。恭介の美貌に痕《あと》が残らなくてよかったとホッとする。

「不思議だよな」

恭介が懐かしむように目を細めて言った。

「あの時まで、お前はこの店の存在をまったく知らなかったわけだろ？　しかも普段は通らない道を彷徨《さまよ》ってこの店に辿り着いたって、何か運命的なものを感じるな」

冗談めかすような彼の言葉に、由貴はドキドキしながら瞬いた。

思えば、【Ｍｏｕ】を見つけたのは本当に偶然だったのだ。だがそこにいたのは他でもない恭介で、偶然がこれだけ重なると彼が言ったように運命的な何かを感じてしまう。

「俺もそう思います。俺の人生は、恭介さんに出会ったことで変わりましたから」

由貴が真顔で頷くと、恭介は虚を衝かれたかのように目を大きく見開いた。

「……それは言いすぎだろ」

「そんなことないですよ」由貴は頭を振った。「恭介さんに出会えてなかったら、俺は今頃どうなっていたんだろうって、最近はよく考えるんです。今までなあなあで生きてきたから、自分を見つめ直すいい機会を与えてもらったなって、感謝しているんですよ」

真面目に言うと、途端に恭介がいたたまれないとでも言いたそうに頭を掻き始めて、鼻の頭に皺《しわ》を寄せた。

「それを言うなら、俺だってお前には感謝しているよ」

「え？　俺に？」

「今日の取材にしたってそうだ。俺一人だったら最初から受けるつもりはなかったし、絶対に意見を曲げなかっただろうからな。あと、真野にも言われた」

恭介の口から彼女の名前を聞いて、思わずドキッとする。

「俺は変わったんだってさ」

ちらっと恭介が由貴を見やった。

「耳が痛い話だけど、以前の俺は勝手に自分の周りに壁を作って、そこから中へは絶対に他人を踏み込ませようとはしなかったんだと。まあ、確かにそういうところがあったよな。だけど今は、ちゃんと心を開いて相手と向き合っているように思えるって、そうアイツからは偉そうに言われたよ」

手先は器用だけど、その他は不器用。人間関係は特にね――ふいに真野の声が蘇った。

確かに思ったことをズケズケと口にする恭介は、それを不満に思う他人との衝突が絶えないかもしれない。だが、昔の彼を知らない由貴は、そこまで恭介が窮屈に生きているようには思えなかった。店には一定数の固定客がついているし、家に帰ったらプウと楽しそうに戯れている。息抜きもできているようだし、自分の人生をきちんと歩んでいる人だと思う。最初から閉ざしたイメージはなかった。

初対面こそ彼のことは怖くて仕方なかったが、翌日には新たな一面を見せ付けられて、その印象はがらりと変わった。あの時の恭介が由貴に対して壁を作っていたとは考えにくい。むしろ、誤解が解けた後は、とても自然にお互いが打ち解けたように思えたのだ。

恭介がシャンパンを一口飲んで、再び口を開いた。

「そうだとしたら、それは間違いなく由貴のおかげだろうな。俺もお前と出会って、確実に何かが変わった気がする」

「俺の方こそ何もしてないですよ」

由貴は驚き、慌てて首を左右に振った。

「恭介さんの好意に甘えて図々しく居候を続けてるし、毎日美味しいものを食べさせてもらって、前よりも体重が増えたくらいです。何から何まですごく親切にしてもらって、感謝してもしたりないくらいなのに」

自分で言いながら情けなくなる。恭介が由貴の顔をじっと見つめて、「そういえば、ちょっと丸くなったな」と揶揄ってきた。

「何もしてないわけじゃないだろ。洗濯や掃除は由貴がやってくれているし、プウの面倒って見てくれているじゃないか。あいつは人を選ぶから、なかなか安心して任せられるヤツがいないんだよ。プウは由貴のことが大好きだからな。お前たちは最初から相性がよかったし。由貴がうちに来てくれて本当にいろいろと助かってる。ありがとうな」

恭介に微笑まれた途端、きゅっと胸が詰まったような気分になった。

「俺、恭介さんに『人間でこんなに癒やされる相手に初めて会った』って言われて、凄く嬉しかったんです。プウと似てるって言われたし、俺もプウみたいに恭介さんの癒やしになれてるのかなって――……ちょっと特別感みたいなものに憧れていたんで」

「別に俺はお前とプウを同列に考えてるわけじゃないぞ」

恭介が不本意そうに言った。

「由貴とプウは似てるけど、人間とうさぎだ。一緒にするわけないだろ。もしプウがいなかったとしても、由貴が困っていたら、俺は放っておけなくてどうにかして力になりたいと思っただろうし、お前が傍にいてくれると心が安らぐことに気づいたはずだ。今まであまり考えたことなかったけど、俺もたぶん、他人を避けていた割にはどこかでお前が言う『特別感』っていうものに憧れてたんだと思う」

由貴はハッと目を瞠った。頬杖をついた恭介がどこか照れ臭そうに視線を逸らして、シャンパンを一気に呷《あお》る。

「俺……、今までは、みんなでワイワイしている中に自分がいるって考えるだけで、凄く安心していました。たぶん、そこに居場所があるっていうことが、俺には重要だったんだと思います。だから、一人一人と深く付き合わなくても一緒にいるだけで相手のことをわかったような気になって、無理に踏み込んで言い合いになったら嫌だし、みんな楽しければそれでいいやって――……そんな感じで、周囲と付き合ってきました」

綺麗にスープを飲み干した後の器の底を見つめて、由貴はぽつりと本音を語った。

「でも今は、一人の人とじっくり向かい合って、お互いのことを少しずつ知りながら仲を深めていく関係に憧れるんです」

恭介と真野を見て思うようになったことだ。二人がお互いのことをよくわかっていて、その上で思ったことを言いたい放題言い合える関係が、由貴にはとても羨ましかった。結局、度が過ぎて二人は別れることになったのだけれど、少なくとも真野は恭介の性格をよく知っていた。由貴が嫉妬してしまうくらいに。

恭介が空になった自分のグラスにシャンパンを注いで、唐突に訊ねてきた。

「なあ。由貴は初めて俺たちが会った時と比べて、俺の印象はどこか変わったか？」

「もちろん、変わりましたよ」

由貴は頷く。「最初は怖かったですけど、今はまったくそんなことはなくて。恭介さんのことを知れば知るほど、優しい人だなって思います」

一瞬、面食らったように瞬いてみせた恭介が苦笑した。

「そんなふうに言ってくれるのは由貴だけだな」

「それは、他の人が恭介さんの一面しか見ていないからですよ。口調はきついけど、絶対に間違ったことは言わないし、俺をビシッと叱ってくれた時も怖かったけど痺《しび》れました」

「ああ、ビクビク震えてたもんな。途中で泣き出すかと思ったけど、結局最後まで唇を噛《か》み締めて堪えてたし。あの時は、俺の方こそ何も知らずに随分と偉そうなことを言ったよな。今思い返しても恥ずかしい。あんな調子で怒鳴って、店に来た客を何人か泣かせたこともある」

「恭介さんがマナーの悪いお客さんを怒るのは、純粋に食事を楽しんでくれている他のお客さんのことを思ってそうしているんですよね？　言い方はもう少し考えた方がいいのかもしれませんけど、俺は恭介さんのやり方に賛成です。現に、恭介さんの料理を食べたいお客さんは何があってもちゃんとお店に来てくれてますし、これからはもっとファンが増えるかもしれません」

ギクリとした。

「そういえば、雑誌記事に『店内は撮影禁止』の一言を書き添えることはできないかって、頼んでくれたんだって？　真野から電話があった」

「す、すみません。部外者が余計な口を挟んで」

慌てて謝ると、恭介は「いや」と笑いながら首を横に振る。

「俺も最初からそうしてもらうつもりで伝えてあったんだ。でも、むこうからしてみればその条件が理解できなかったらしい」

真野は「別に写真くらい撮ったっていいじゃない」と、最後までブツブツ文句を言っていたという。携帯電話で写真を撮るのが当たり前になっている今の時代、その一文が加わっただけで読者の興味の対象から真っ先に外されてしまう可能性が高いからだ。

「俺は別にそれで構わないし、鈴谷も『やるなら徹底的に』と俺の方針に賛成してくれているしな。だけど、あっちが最後までしつこくねばってきたんだ。また後から交渉してくるつもりなんじゃないかとうんざりしていたんだが、お前のおかげで助かった。まさか由貴からもお願いされるとは思わなかったって、むこうは諦めてくれたよ」

――あの子にお願いされたら断れないじゃない。

真野はそう言って笑っていたそうだ。

「ありがとうな、由貴」

恭介に微笑まれて、由貴は咄嗟に首を左右に振って返した。

「恭介さんも、真野さんに話してくれたんですよね。俺がプウのチャームをなくして、真野さんに謝りたがっているって」

「うん？」と、恭介が嘯く。

「ちゃんと謝ることができました。ありがとう、恭介さん」

「……由貴の印象も、大分変わったな」

一瞬、恭介が何か眩《まぶ》しいものでも見るように目を細めた。

「最初はビクビクオドオドしていて、頼りなさそうなイメージしかなかったけど、今は真逆だ。プウのことも、本を読み漁って勉強してくれただろ。鞄が重くて何をそんなに入れてるのかと思ったら、中に詰まっていたのが全部図書館から持ち帰ったうさぎの本で驚いた。人当たりはいいし気配りもできて、案外、俺なんかよりもずっとしっかりしているのかもな」

「そんなことないですよ！　恭介さんは凄い人です。俺、尊敬してますから」

由貴は思わず両手を握り締めて、興奮気味に告げる。

「恭介さんこそ、お店が休みの日もお客さんや新しいメニューのことを考えていろいろと勉強してるし、プウのことだって、恭介さんの知識に比べたら俺なんかまだまだ全然ですよ。うさぎは賢い動物だから、自分が従う相手は自分で選ぶんですよね。恭介さんがどれだけプウに愛情を注いでいるのか、プウを見てればわかります。俺が熱を出して倒れた時は本気で心配して怒ってくれました。俺、嬉しかったんです。言葉遣いは乱暴だけど、本当はすごく優しくて、そんな恭介さんが俺はすごく好きで……っ」

そこまで言って、瞬時に我に返った。

そんな恭介さんが俺はすごく好きで——切羽詰まった自分の声が蘇り、途端に由貴は体中の血液が一気に凍りついたような気分になった。

ついさっき、この想いは墓場まで持って行こうと決めたばかりなのに、どさくさに紛れて何てことを口走ってしまったのだろう。

どうしたらいいのかわからず、頭の中が真っ白になる。冷や汗まで噴き出し、焦点が定まらず手元のスプーンが何重にも重なって見えた。激しく混乱する。——もうダメだ。恭介にバレてしまった。こんな由貴の気持ちを知って、今、彼はどう思っているのだろうか。怖くて顔を上げることができない。どうしよう、物凄く迷惑そうな顔をしていたら——この一瞬で、嫌われてしまったかもしれない。

早く言い訳をしないと！

頭の中でもう一人の自分が叫んだ。今ならまだ訂正がきく。何としてでも誤魔化すのだ、手遅れになる前に――。

咄嗟に、震える手でフルートグラスを摑んだ。からからに渇き切った喉に残っていたシャンパンを流し込もうと口を付ける。

「おい、バカ。そんな思い詰めた顔をして酒なんか飲むな」

ぐっと手を摑んで止められたのはその時だった。

「また酔っ払ってうやむやにでもする気か？」

身を乗り出してグラスを取り上げた恭介が、席を移動する。由貴の隣の椅子を引き、ドスンと腰掛けた。

「――あ……ち、違うんです。今のは、全然、そういうのじゃなくって」

ざっと青褪めた由貴は、必死になって言い訳をする。しどろもどろになる言葉が喉元に詰まり、わけのわからない感情が昂《たか》ぶって、今にも泣いてしまいそうだった。

「あ、あれは、その、こ、言葉のアヤで、まったく、ヘンな意味じゃなくて……っ」

「ヘンな意味の好きって何だよ？」

おろおろする由貴に、恭介が真面目な顔で訊いてきた。

「そ、それは、その……」

胸が苦しい。寒いのか熱いのかわからない体に嫌な汗が滲む。頭の中がぐるぐる回って、倒れてしまいそうになる。いっそ、このまま気を失ってしまいたい。

その時、突然むにゅっと頬を摘まれた。

「恋愛の意味で言ってくれたとしたら、俺もヘ、ヘ、ヘンな意味で由貴のことが好きだけどな。こっちから言うつもりだったのに、まさか先を越されるとは思わなかった」

「——え？」

混乱した脳が、その言葉を理解するまで少し時間を要した。

恋愛の意味？

途端に胸が高鳴り始めた。ぐるぐるする頭の中で、バラバラに飛び散ってしまった言葉がゆっくりと結びついてゆく。恭介の声が脳裏に蘇る。『ヘンな意味』は『恋愛』という単語に置き換えて……。

俺も恋愛の意味で由貴のことが好きだけどな——。

「——⁉」

咄嗟に言葉が出なかった。

びっくりしすぎて目を丸くする由貴を見て、恭介が「でかい目だな」と笑った。まだ信じられない気持ちで彼を凝視する由貴の頭を、困ったようにぽんぽんと撫でてくる。

「最初は、プウに似ている人間を見つけて、単純に興味をもったんだ」

恭介が静かに言った。

「だけど、一緒にいるうちにどんどん自分がお前にはまっていることに気づいた。最初は怖がっていたくせに、あっという間に心を開いてくれたのがわかったし、お前が俺の言葉を素直に聞き入れて懐いてくれるのが嬉しかった。少し前までの俺なら他人に自分のペースを崩されるのが大嫌いだったはずなのに、どういうわけかお前に振り回されるのは悪い気がしないんだよ」

由貴のふわふわのクセ毛を愛おしげに撫でながら、ふと真面目な顔をする。引力の強い目が由貴を見つめた。

「俺は、もっとお前のことを知りたいと思っている。じっくりと向き合って、お互いの仲を深めていきたい。お前のために何かをしてやりたいと思うんだ。こんな気持ちを他人に対して持つのは初めてだ。お前の居場所なら俺が作ってやるよ。だから、由貴にはずっと俺の傍で笑っていて欲しい。俺も由貴のことが好きだよ」

「――――！」

思わず自分の耳を疑った。

今のは脳が作り出した都合のいい空耳かと焦り、もう一度、確かめなければと口を開く。

急いで訊き返そうとしたが、喉が引き攣って喘《あえ》ぐような息が漏れるだけだった。

俺も由貴のことが好きだよ――恭介の真新しい声がはっきりと蘇り、再び鼓膜を熱く震わせる。少し低めた優しい声と、抑えた抑揚はとても幻とは思えないリアルさだ。

ふいに視界が揺らいだ。声の代わりにぶわっと涙が溢れ出す。

ひっと喉を切なく鳴らして、咄嗟に恭介から顔を逸らした。

くしゃりと自分の顔が歪んだのがわかった。目の前に分厚い水の膜が張り、もう何が何だかわからない。

歯を食い縛り、嗚咽《おえつ》を漏らしながらぎゅっと目を瞑る。目の縁にしがみついていた大粒の水滴が瞼《まぶた》に擦り切られて、ぱたぱたといくつも零れ落ちる。空の器の底に、スープの代わりに透明な涙が溜まってゆく。

「そういえば」と、恭介が思い出したように言った。

「最初にここでスープを飲んだ時も泣いていたんだったな」

そっぽを向いた由貴の顔を両手で挟み、ゆっくりと自分の方へ向かせた。

涙でぐちゃぐちゃになった泣き顔を見られるのは恥ずかしい。由貴は洟を啜り、上擦った声で言った。

「……ふっ、く……あの時のは、悔し涙です」

「へえ。じゃあ、今のこれは？」

恭介が楽しげな口調で、由貴の顔を覗き込むようにして訊いてくる。

「……嬉し涙です」

嗚咽混じりに答えると、嬉しそうに笑った彼が「よかった」と言った。濡れた由貴の目元を指先で優しく拭って、軽く顎《あご》を持ち上げる。

「泣いてる顔も悪くないな。ぐしゃぐしゃだけど、それがかえってエロい」

次の瞬間、掠め取るようにして唇を奪われた。

「！」

柔らかな唇の感触にただただ大きく目を瞠る。

潤んだ視界いっぱいに恭介の顔が広がった。由貴が一番好きな表情だ。

恭介が優しく微笑んで言った。

「由貴、好きだよ」

その言葉に、一旦収まっていた涙が堰《せき》を切ったように溢れ出す。

「おい、もう泣くなよ。悪くないとは言ったけど、笑ってる方が何倍もいいに決まってるだろ。鼻水が垂れてるぞ」

相変わらず軽口を叩きながら、恭介が仕方ないなと笑って由貴の顔をナプキンで拭いてくれる。

「ほら由貴、お前の気持ちもきちんと聞かせてくれ。そうじゃないと、もう一度キスができない」

綺麗に涙を拭いてもらい、由貴は改めて目の前の彼を見つめた。

夢みたいだ。絶対に口にしてはいけないと諦めていた言葉を、堂々と恭介に言える日が来るなんて――。

「……お、俺も、恭介さんのことが大好きです。まだ信じられなくて、夢の中にいる気分なので、もう一回、キ……キスを、お願いします」

恭介が一瞬、きょとんとする。そして次の瞬間、その美貌を酷く幸せそうにふわっと綻《ほころ》ばせた。楽しげにくつくつと喉を鳴らして「やっぱり敵わないわ」と呟く。

「それじゃあ、これが夢じゃないってことを証明してやるよ」

ニヤッと笑った彼が、今度はじっくりと由貴の唇を味わうようにして、優しく自分のそれを重ねてきた。

特製ディナーを満喫して恭介と二人で帰宅する。

アルコールも少々入っているが、このふわふわとした背中に羽が生えたような浮遊感は酒のせいではないだろう。

——夢を見ているみたいだ。

恭介に誕生日を祝ってもらえただけで幸せなのに、まさか一気に彼と恋人同士になれるとは想像もしていなかった。今までの人生の中で一番忘れられない誕生日だ。

肩を並べて歩く夜道がいつもと違って見える。

会話が途切れても、ちらっと隣を窺うと必ず目が合った。甘い視線に優しく搦《から》め捕られると、嬉しくて照れ臭くてふわっと体温が上がる。さりげなく手をつながれて、益々有頂天になる。マンションに辿り着く前に空へ舞い上がってしまいそうだった。

リビングに入ると、プウが二人の帰りを待ち侘びていた。

「ただいま、プウ」

由貴はプウを抱き上げて、思わずその柔らかな被毛に顔を埋める。興奮が冷めず、にやけた表情を抑え切れない。いつもと違う由貴のテンションに気づいたプウが『なにかいいことあった？』と、くすぐったそうに身を捩《よじ》りながら鼻先をツンツン押し当ててくる。

恭介は夕方に一度家に戻ったらしい。すでにケージの掃除を済ませてあって、水や餌《えさ》もきちんと準備してから出かけたようだ。

満腹になったプウは、二人の顔を見て安心したのだろう。ひとしきりじゃれた後、由貴の腕の中でうとうとし始めた。

「……眠ったのか。うちのこは本当によく寝るな」

恭介が笑いながら由貴からプウを引き取り、ケージに戻してやる。

プウが寝てしまうと急に間がもたなくなった。静かな室内で、手持ち無沙汰になった由貴はわけもわからずそわそわする。

こういう時間は今までも幾度となくあったはずなのに、それまで自分がどうしていたのか思い出せない。帰宅したら何をしていたっけ――由貴は懸命に思考を働かせて、ハッと顔を上げた。

「コ、コーヒー、淹れましょうか」

いつもは恭介が淹れてくれるのだが、今日の由貴は居ても立ってもいられなくて、自らキッチンに向かう。

「いいよ、コーヒーは」

しかし、背後から恭介に呼び止められた。

「それより、由貴。こっち」

振り返った由貴を、ソファに座った恭介が手招きしてくる。

「……っ」

戸惑いながら、キッチンに向いていた足をソファへ戻す。おずおずと歩み寄り、ドキドキしながらソファに腰を下ろそうとした由貴の腕を、恭介が摑んだ。

「そっちじゃなくてこっち」

「え？」

腕をぐっと引っ張られた。

バランスを崩した由貴の腰を支えるようにして、恭介が抱き寄せる。尻がソファに沈み、気づくと由貴は恭介が足を大きく広げたその間に座らされていた。

真後ろに恭介の気配を感じる。息がかかるほどに近い。

思いもよらない場所に移動させられて、由貴は完全に硬直してしまった。

腰に恭介の両腕が絡み付き、耳元で囁《ささや》いてくる。

「……由貴」

「――！」

熱っぽい吐息が耳にかかり、由貴は思わずぶるっと身震いをした。自分の名を呼ぶ恭介の声音が明らかに変化している。

「お前を好きだと気づいてから、本当はもっとこうしてくっつきたいのをずっと我慢していたんだ。俺がお前のことをどんな目で見ていたか、知らなかっただろ？」

甘く掠れさせた声に鼓膜をくすぐられて、首筋にカアッと熱が駆け上ってきた。いたたまれなくて、火照った顔を俯けながら揃えた膝の上で両手を握り締める。

「由貴、どうした？　震えてるぞ」

耳元で微かに吐息が笑う。ビクッと体を強張《こわば》らせた途端、柔らかい耳朶をかぷりと甘咬《が》みされた。

「…っ！」

ねっとりと耳介を舌でなぞられたかと思うと、孔《あな》を抉《くじ》るようにして舐められる。言い知れない感覚にぞくぞくっと全身の産毛が逆立った。

「……ふ……っ」

ぴちゃぴちゃと湿った音が籠って聞こえて、ぞわっと背筋が戦慄く。息を吐くのと同時に変な声が出そうになって、咄嗟に唇を噛み締める。

耳をまさぐっていた恭介の舌が、徐々に下方へ移動してべろりと首筋を舐めてきた。

ビクッと肩が跳ねた。

「あ……きょ、恭介さん……っ」

思わず腰を捩るが、由貴の体はすでに恭介の腕の中だ。どうやっても逃げられない。

つーっと舌先が首筋を舐め上げて、唇で耳朶をやんわりと食み、それからちろちろと顎まで舌を這わせてきた。まるで肉食動物が捕獲した獲物を味見しているかのようだ。

逃げを打つ腰を強く抱き寄せると、恭介は体毛の薄い由貴の細い顎をぺろぺろと舐め始めた。右肩に乗り上げた恭介の顔が更に舌を突き出して、下唇まで濡らす。

「……ん……ま、待って……ぁ、んんっ」

無理な体勢で強引に唇を塞がれた。

すぐに歯列を割って舌が口腔へ押し入ってくる。舌と舌が触れ合う。

途端に由貴はビクッとして、思わず自分のそれを引っ込めた。

つい先ほど、唇が触れ合うキスをしたばかりなのだ。それなのに、恭介の舌はまだふわふわと残る唇の余韻を消し去るようにして、初心《うぶ》な粘膜を縦横無尽に掻き回す。

奥まで探り合う深いキスに眩暈《めまい》がした。

――こんなすごい感触……知らない……。

粘膜同士を擦り合わせる強烈な刺激に衝撃を受ける。

敏感な上顎をぞろりと舐められると、項にゾクッと甘い痺れが走った。柔らかい頬肉をくすぐられ、歯茎の裏まで余すところなく舐《ねぶ》られる。

「……はあ、はっ、ふぅ……んんぅ」

我が物顔で動き回っていた舌が一旦外へ出ていき、その隙に貪《むさぼ》るようにして空気を吸い込んだ。しかしすぐにまた恭介は戻ってきて、縮こまった由貴の舌をつついてくる。宥めるようにくすぐったかと思うと、いきなり根元に巻きついてきつく吸い上げられた。

「は、ぁん、んんっ」

舌を絡め合い、鼻から甘い声が抜けた。とても自分のものとは思えないような恥ずかしい声だ。

呼吸もまともにできなくて苦しいはずなのに、徐々に粘膜を舐め合う気持ちよさに由貴の中の何かが目覚め始める。自ら舌を差し出し、快感を巧みに煽《あお》る恭介のそれにおずおずと絡めた。貪るように舌に吸い付かれる。

激しい口づけを交わしながら、ふいに恭介の手が由貴のカーディガンとシャツの裾をたくし上げた。

インナー越しに脇腹を撫でられてビクッとする。

妖しい手つきで浮いた肋骨を撫で上げつつ、胸元に指がかかる。

「……っ」

小さな尖《とが》りを指先で探り当てられた。

普段は気にもしない場所だ。だが恭介の指はなぜかそこを執拗《しつよう》になぞってくる。くすぐったくて身を捩りたくても、唇が合わさったままなのでそうはさせてもらえない。

薄いインナーの上から何度も円を描くように擦られれば、さすがに硬くしこってきた。

ツンと勃《た》った胸の粒を指で摘まれ捏《こ》ねられているうちに、くすぐったさが徐々にむず痒《がゆ》さに変わり、妙な疼《うず》きが生まれる。

乳首をキュッときつく捻られた瞬間、体を微電流が走ったかのような痺れに襲われた。

「ン、ふぅっ」

咄嗟に胸と首を反らす。舌が抜けて、思い切り空気を貪った。指で尖りをくりくりといじりながら、由貴が飲み込めずに口の端から零した唾液を恭介は舌を這わせて啜っている。

顎を舐めながら、恭介が自分の手を今度は由貴の下肢にまで伸ばしてきた。

長い指が器用にチノパンのボタンを外して前立てをくつろがせる。そのまま下着のウエストをかいくぐり、薄めの下生えを指先で掻き混ぜてくる。

「あ…っ」

更にその下で熱く息づいていた由貴の昂ぶりを見つけると、ゆっくりと指を絡めてきた。

「もう硬くなってるぞ」

「や、ふっ……あ」

すでに首を擡《もた》げかけていた陰茎をずるりと引きずり出される。

由貴の肩に顎をのせた恭介が覗き込んで言った。

「由貴のここはかわいいな。綺麗な色をしている」

初めて他人に触られて震えている股間を揶揄われて、カアッと頬が熱くなる。

「やめ、見ないで……あ、ん、んっ」

恭介が由貴の屹立を扱《しご》き始めた。毎日厨房に立ち、食材を魔法のように調理する彼の器用な指が絶妙な緩急をつけて由貴を追い上げていく。

敏感な裏筋を擦り上げられて、先走りが滴る先端を親指の腹でぐりぐりと押し広げられた。あっという間に血流が下肢に集中し、反り返った股間は今にもはちきれんばかりに膨張している。

「すごいな。こんなにお漏らしをして、もうべとべとだぞ」

由貴の耳元に唇を寄せて、恭介が楽しそうに囁いてくる。

「自分ではあまりここを触らないのか？　それとも、俺が寝てからここでこっそりと一人でいじってたのか？」

ぬるぬると扱き上げられて、由貴は熱っぽい息を吐きながら内腿を小刻みに震わせた。

「……そ、そんなことし、してない……んぅ」

もともと自慰をする回数は少ない方だと思う。必要に迫られて触るくらいで、この部屋で世話になってからは本当に一度もしたことがなかった。扉一枚隔てた向こう側で恭介が眠っているのに、そんなはしたないことができるはずもない。

「どうだかな」

カリッと耳朶に軽く歯を立てられて、微かな痛みがまるで甘い快楽に変換したみたいに脳髄を痺れさせた。耳の刺激が、下肢にまで響く。

「は、ふぅ……ぁ、恭介さん、もう、ダメ……っ、あ、そんなに触らないで」

とろとろと滑《ぬめ》りを帯びた昂ぶりに指が我が物顔で絡みつく。いやらしく動く長い指は滴り落ちる体液を掬い取ると、くびれになすりつけるようにして擦り上げてくる。

無意識に腰が揺れる。その時、尻の下にゴリッと異物が当たった。

何だろう――？　由貴は股間の刺激を紛らわすようにして腰を揺らめかせる。尻をゴリゴリと硬い感触が押し上げてくる。

「……っ、こら、やめろ」

急に恭介が息を乱して言った。

「わざとやってるのか？　この尻は……っ」

ズンと下から勢いよく腰を突き上げられて、チノパン越しの尻の狭間《はざま》に硬いものが押し当てられる。

そこでようやくそれが何なのか気づいた。

硬くなった恭介の股間の感触を尻に感じながら、由貴はぶわっと羞恥に顔を火照らせる。

「……ご、ごめんなさい、俺」

咄嗟に腰を横にずらそうとした途端、恭介が色っぽい吐息を漏らして呻《うめ》いた。

「バカ、そんなところで横移動するな」

「あ、ごめんなさい……あっ」

お仕置きとばかりに、恭介の指が由貴の屹立を再び扱き始める。

由貴はビクビクッと体を引き攣らせながら、ぎこちなく腰を揺らして小ぶりな尻を恭介に押し付けた。円を描くようにして動かすと、尻の下で欲望がむくっと膨張する。

「……恭介さんのここも……すごく、硬くなってる」

はあはあと息を乱しながら、由貴は自分が酷く興奮しているのがわかった。恭介の股間も自分と同じように育っているのが嬉しい。夢中で尻をそこへ擦り付ける。

「っ……いやらしく腰を振りやがって」

ふいに、恭介が由貴の腰に腕を巻きつけてきた。動きを止めた由貴を軽く持ち上げるようにして、もう片方の手を下肢に差し入れる。次の瞬間、下着ごとチノパンを一気に摺り下ろされた。まるで果物の皮を剝くかのように、衣服は何の抵抗もなくつるんと尻を抜けて膝まで落ちてしまう。

「あ」

剝き出しになった股間が恥ずかしくて、咄嗟に手で隠そうとしたが、恭介に阻まれた。

「今更隠すなよ」

ニヤッと笑った彼が、強引に由貴の体を半転させた。膝に溜まったチノパンを足から引き抜き、向かい合う恰好で自分の腰に跨らせる。

恭介の美貌がすぐ目の前にきて、由貴は狼狽えた。カアッと頬が火照る。いたたまれず俯いたその時、恭介は自らジーンズのボタンを外すと、そそり立った自分のものを引き摺り出してみせた。

目に映ったそれがあまりにも立派過ぎて、由貴は目を丸くする。

「……大きい」

「由貴のはかわいいな」

腰を抱き寄せられて、下肢が密着する。

「っ！」

裏筋同士が触れ合って、目の前に小さな火花が散る。ぶるりと胴震いをした。ぎゅっと目を瞑り、息を詰めて快感をやり過す。

その隙に、恭介の手であっという間に上半身まで丸裸にされてしまった。ぷっくりと突き出した胸の尖りを軽く摘まれて、由貴は声を上げた。

「へえ、お前のここはこんな色をしてたのか。さっきいじったからか？　ちょっと赤味が強いな。……美味そうだ」

目を細めた恭介がぺろりと舌なめずりをしたかと思うと、由貴の胸にぱくりと吸い付いてきた。

「あっ」

舌先で小さな乳首を押し潰すようにして捏ね繰り回される。時々、赤ん坊のように強く吸われて由貴はビクビクッと仰け反った。

飴玉を舌で転がすように尖りを舐めしゃぶりながら、恭介の手が下方でも動き出す。密着した二本の昂ぶりをまとめて摑むとゆるゆると擦り上げてきたのだ。

「ひっ、……くぅ」

すでにぬるついている由貴の屹立に、恭介の逞しく張り出した太い中心が吸い付くように刺激してくる。根元を指で擦られると、堪らず腰が揺れた。

恭介が吐息だけで笑う。

「支えているから、好きなように動いていいぞ」

由貴の腰の揺らめきに気づいて促してくる。両腕を自分の首に回させると、恭介は合わさった二人の陰茎を大きな手のひらで包み込むようにして固定させた。

由貴は潤んだ目で色も形も違う二人分の雄を見下ろす。酷く卑猥ないやらしい眺めだ。はあはあと息が乱れる。伸び上がるようにして、恐る恐る腰を浮かす。

ぬるりと裏筋が擦れ合い、ぞくぞくっと強烈な快感が背筋から脳天まで駆け抜けた。

「あ……ん……あ、あ」

堪らず二度、三度と腰を上下させて、痺れるような甘い快楽を引き戻す。次第に速度が増していき、気づくと由貴は恭介の怒張に自分のものを擦り付けるようにして腰を激しく揺ら

していた。

「あ、あっ」

「かわいい顔して、こっちのうさぎはとんだエロうさだな」

由貴の動きに合わせて、恭介も腰を突き上げるようにして揺すってきた。くちゅくちゅと粘着質な水音を鳴らしながら、性器をぐねぐねと絡めるようにして擦れ合わせる。

下腹部がきゅうっと引き絞られて、熱が遡《さかのぼ》ってくる。

「あっ、ん、ん、あ、で、出ちゃう、ふぁ……ん、んぅ、ぁ、あぁっ」

由貴は全身をビクンビクンと痙攣《けいれん》させると勢いよく吐精した。直後、恭介も低く呻いてぶるりと胴震いする。恭介が手のひらで受け止めた二人分の体液は、一部が指の間をすり抜けて彼の美貌にまで飛び散っていた。

くったりと逞しい肩に寄りかかった由貴は、恭介の顎に付着した白濁を目の端に捉える。

「……恭介さん、顔が汚れてる」

「由貴が舐めて綺麗にしてくれ」

ぼんやりとしたまま、由貴はのろのろと頭を上げた。舌を伸ばして恭介の顎をぺろりと舐める。

伸び始めた髭のざらりとした感触と青臭い味が舌に広がった。

「……あ、ここにも」

ちろと舌を伸ばして頬を舐めた。次いで鼻の頭。もう白濁は見当たらなかったが、むらむらとした欲情に衝き動かされるようにして彼の下唇を舐める。はあはあと息を荒らげながら上唇も舐める。もっと舐めたくて唇の輪郭をたどるように丁寧に舌を這わせた。

「――……よくこの体で今まで無事にいたもんだな」

「はぁ、ぁ、んんっ」

恭介の肉厚の舌が由貴のそれを捕らえて、咬みつくようなキスをしてくる。そのままソファに押し倒された。

「エロい体だな。よそで発情するなよ。そんなとろんとした目で他の男を見たら怒るぞ」

「……ふ……し、しない……恭介さんしか、見えてない……っ」

懸命にかぶりを振ると、恭介がまるで眩しいものでも見るみたいに目を細めて、唇を引き上げた。優しい微笑みにドキッとする。熱に浮かされたような眼差しで見上げていると、恭介が素早く服を脱ぎ始めた。

首を抜いた黒のカットソーを無造作に床へ投げ捨てる。現れた彼の上半身を見て、由貴は思わずごくりと喉を鳴らしてしまった。

部屋の照明を背負った彼の体は、顔と同じで完璧な美しい陰影を描いていた。料理人として身につけた無駄のない筋肉に惚れ惚れする。

見入っていると、突然、仰向けの体をくるんと引っくり返された。腹の下にクッションを押し込まれて、尻を突き出すような恰好をさせられる。

「や……な、何？」

膝を付く由貴の背後から、恭介が肉付きの薄い尻を撫で回し始める。

「かわいい尻だな。でも前から垂らした精液がここまで伝ってきているぞ。こんなところまでぐちょぐちょに濡らして」

パンッと軽く尻を叩かれた。

「ふっ、ん」

その僅かな痛みがなぜか気持ちよく感じられて、思わずソファに頬を摺り寄せながら腰を揺らめかせた。

「本当に、このやらしい尻をどうしてやろうかな……」

「──！」

狭間に指がかかり、ぐっと尻臀が割り開かれたのはその時だった。ひっそりと閉ざしていた蕾《つぼみ》が冷たい外気に触れる。

「あっ、や、そこは……っ」

後孔にぬるりと硬いものが突き刺さった。ぐにぐにと粘膜を揉みこむようにして襞《ひだ》を伸ばしているそれは指だ。狭い肉筒に埋め込まれた指がさほど抵抗もなく差し込まれたのは、恭介が言った通り、散々垂れ流した先走りや精液が奥の窄《すぼ》まりまでぐっしょりと濡らしていたからだろう。

節の高い指が肉襞を分け入って、ゆるゆると抜き差しを始めた。

自分でも触ったことがない場所を擦られる感触は何ともいえなかった。ぷるぷると色白の内股を震わせながら尻を恭介に差し出し、いやらしくいじ繰り回されて乱れた息遣いと嬌声を零す。

やがて一本だった指が二本に増えた。更には、強引に引き伸ばした粘膜に恭介は自らの舌を差し入れてきたのだ。唾液を塗りこめるようにそこをくちゅくちゅと舐め回されると、快感の波が次から次へと押し寄せてきて、溺《おぼ》れてしまいそうになる。

「あ、あ、あぁっ」

唐突にずるっと舌と指が抜けた。支えを失った腰がクッションの上に落ちる。

一度射精して落ち着いたはずの中心が、再び首を擡げていることに気づいた。剥き出しの股間が心地いいクッション生地に擦れて、思わず熱っぽい吐息を漏らす。

無意識に腰を揺らして昂ぶりをクッションに擦り付けていると、背後からぐっと力強く腰を引き上げられた。

「俺がいるのにクッションを相手にイクなよ。困った淫乱うさぎだな」

その時、指と舌でくつろげられた後孔に熱い切っ先があてがわれた。ぐっと圧が掛かり、粘膜を限界まで押し拡げて、途轍もない熱の塊が中へと入ってくる。

「あ、あぅ、い、痛っ……ひっ！」

体を引き攣らせて弓形になった由貴は咄嗟に腰を逃がそうとした。しかし、恭介が背後からがっちりと腰骨を捕らえているので逃れられない。逆にぐっと引き戻される。

圧迫感は指の比ではなかった。

内側に埋め込まれた熱杭で体が真っ二つに裂けてしまいそうな恐怖を覚える。ソファに爪を立て、高く突き出した下肢がガクガクと震える。あまりの苦痛に冷や汗が流れ出す。

「……っ、すごい締め付けだな。由貴、もう少し力を抜いてくれ」

「ひっ――……っく、ぁ、あ」

そうしたくても、どうやって力を抜けばいいのかわからなかった。抜いてと恭介に懇願してしまいそうになり、必死に唇を噛み締める。

ふいにクッションと腹筋の間に手が差し込まれた。恭介の手が由貴のすっかり萎《な》えた股間をまさぐってくる。やわやわと揉みほぐしながら、緩急をつけた巧みな動きで扱き出す。

「……あ……ん……はぁ、ンんぅ」

すぐに芯を持ち始めた屹立への刺激を続けつつ、恭介は自らも腰を進めてきた。

前を触られて筋肉のこわばりがほぐれた隙をついて、ゆっくりと彼の性器が埋め込まれていく。

ずくんと奥深くを突き上げられて、由貴はビクッと全身を引き攣らせた。尻に肌がぶつかる感触があり、恭介の太いそれを根元まですべて飲み込んだのだと知る。

「由貴、大丈夫か？」

下肢をつなげたまま、恭介が上体を折り曲げる気配がした。宥めるようにして背中に口づけられる。珠《たま》のように浮いた汗を一つずつ吸い取っていくみたいに、チュッ、チュッ、と唇が音を鳴らす。

由貴の息が整うまで、恭介は愛しげに背中を撫でながらキスの雨を降らせて待ってくれていた。僅かな動きにも中で粘膜が擦れ合い、彼の体温をリアルに感じ取る。

接合部分は腫《は》れぼったくじんじんと痺れていたが、奥深くに妖しい疼きが芽生え始めているのを感じていた。意識すると急激に疼きが増して、どうしようもなくなる。

「……も……大丈夫、だから……恭介さん……あの……」

もぞっと身じろぐと、由貴のはしたない要求を正確に汲み取った恭介が、上体を起こした。軽く腰を揺すってくる。ぞくっと甘い痺れが全身を駆け巡る。

「動いてもいいか？」

訊かれて、由貴はこくんと頷く。

恭介が腰を引いた。

「ん、ぁ…っ」

内臓が引きずり出されるような感覚に、一瞬ぞわっと肌が粟立った。恭介が再び腰を押し戻す。最奥をずんと突き上げられて、ビクビクッと背筋が戦慄いた。

ゆっくりとした抽挿が、徐々に速度を上げていく。

「あ、は……んっ、あ、あぁ」

両手で腰を掴まれて激しく揺さぶられた。めいっぱい開かれた粘膜を、火傷《やけど》しそうに熱い性器に幾度となく擦り上げられる。もう苦痛はどこかへいってしまった。代わりに鋭い快感が由貴に襲い掛かり、開きっぱなしの口から嬌声がひっきりなしに零れる。

「すごいな、お前の中……悦《よ》すぎて、こっちが持ってかれそうだ……っ」

突き上げが一層荒々しくなった。

由貴も切れ間のない快楽の波に押し流されてしまいそうだ。気持ちよすぎて、もっともっととねだるみたいに腰を揺らめかせる。恭介がそれに応えるように、肌のぶつかり合う音が鳴り響くほど深く由貴を抉ってくる。

全身が火に炙《あぶ》られているかのように熱い。

「好きだ、由貴……」

恭介が一段と力強く自身を捩じ込んできた。

「——ぁああっ！」

高みに追い詰められて、由貴の劣情が爆《は》ぜる。深い快感に全身が痙攣し、銜え込んだ恭介をきつく締め上げた。

強引に最奥まで貫き、恭介が背後から覆い被さるようにして由貴を抱き締めてくる。

「由貴……っ」

ドクドクと速い鼓動が背中越しに伝わってきたかと思うと、恭介がぶるりと大きく胴震いする。直後、由貴の中が大量の熱い粘液で満たされた。


途中から我を忘れて夢中で恭介に縋《すが》りついた気がする。

「――……？」

目を覚ますと、朝になっていた。

いつの間に眠ってしまったのだろう。記憶がない。

ふと見下ろすと紺色の寝巻きを着ていることに気づく。恭介が着せてくれたのだろう。そういえば妙に体もさっぱりしている。布団の中ですり合わせた足にふと違和感を覚えて覗き込むと、なぜかズボンは穿《は》いていなかった。下着もない。下半身素っ裸だ。

強烈な既視感を覚える。

「…………」

もそもそと寝返りを打つと、すぐ後ろに恭介が寝ていた。

案の定、恭介の上半身は裸だ。上掛けを浮かせて中を覗くと、ズボンはちゃっかり穿いていた。由貴が着ている上着と対のものである。

初めてこの家にお邪魔した時とまったく同じだった。

だが、あの頃とは状況が全然違う。初めてこのベッドで目覚めた時は、恭介が怖くてビクビク震えていたが、今は正反対の感情が込み上げてくる。

「……ふふっ」

恭介が愛しくて愛しくて堪らない。

本当にこの人と結ばれたのだなと思うと嬉しくて仕方なかった。顔がにやけてしまう。あんなことやこんなことまでして――昨夜の情事を思い返し、ぽっと頬が熱くなった。顔を両手で覆ってジタバタと身悶えてしまいそうになったが、隣では恭介がまだ寝ている。起こすわけにはいかない。

布団の中でもぞっと動き、僅かな距離を更に縮めてみる。

そっと息を詰めて、由貴は恭介の寝顔を覗き込んだ。

「……気持ち良さそうに眠ってるな」

相変わらず整った美貌を間近に眺めながら、ほうと感嘆の息を漏らす。肌もツヤツヤしていて、小さな寝息すら尊い気がする。本当に王子様みたいだ。

「かっこいいな。それに、昨日の恭介さん……何だか、すごかったし」

「それを言うなら、お前の方がよっぽどすごかったぞ」

いきなりパチッと恭介の目が開いて、由貴はぎょっとした。「わ！」思わず叫んで、反射的に体を引こうとしたその時、腰から背中にかけて途轍もない激痛が駆け抜ける。

「いうっ――」

「おい、大丈夫か？」

事情を察した恭介が、慌てたように飛び起きた。いもむしのように丸まった由貴を心配して、労《いた》わるように背中や腰を撫でてくれる。

「昨日はだいぶムチャをしたからな。お前がもっともっとって、泣いてせがんでくるから」

「――⁉」

「あんなにいやらしくねだられたら、こっちだってつい箍《たが》が外れて夢中になるに決まってるだろ。だけど、昨夜のお前のエロさはすごかったぞ。急に何かのスイッチが入って、かなりの乱れっぷりだったからな。あれで本当に初めてだったのか？」

由貴の腰を擦りつつ、恭介がニヤニヤと訊いてくる。布団に埋めた由貴の顔はカアッと火を噴いたみたいに熱くなった。

「はっ、初めてですよ。本当です。俺、恭介さん以外の人と、こっ……こんな恥ずかしいこと、したことないですから」

ムキになって答えると、恭介が一瞬きょとんとしてみせた。そして次の瞬間、盛大に噴き出し、「わかってるよ」とポンポン背中を撫でながらおかしそうに言ってくる。由貴の言葉の何がそんなにツボに入ったのか、彼はまた大笑いし始めた。

「……俺、そんなにムチャクチャでしたか」

詳しい記憶はほとんど飛んでしまっていた。だが、恭介との濃密な交わりを解きたくなくて、「もう一回してほしい」と、自分から抱きついてねだったことは朧《おぼろ》に覚えている。今思い返すと、とんでもなく大胆なことをしてしまった。恭介に揶揄われるのも無理はない。

一番多感な思春期の頃から、性に関しての興味は薄い方だった。自分が女の子みたいな見た目をしていたせいか、同級生の男子からそういう話題に混ぜてもらえなかったのだ。知識は最低限で、でもそれで困ることはなかった。だから自分はもとから淡白な人間なのだと思い込んでいた節がある。まさかこんなに強い性欲を抱えているとは——本人が一番驚いているくらいだ。自分でも知らないうちにどんどん溜め込んでいたのだろうか。長年の積み重なった性欲の結晶が、人生で初めて好きになった人に触られて一気に爆発してしまったのかもしれない。恭介は笑っているが、内心でははしたないと思われていたらどうしよう。

ひとしきり笑った恭介が、思い出すような間をあけて言った。

「そうだな。正直、想像と違ってびっくりした」

その言葉に、由貴はさあっと青褪める。——想像と違う？　恭介は由貴にどんな幻想を抱いていたのだろう。現実の由貴の乱れっぷりに、がっかりしたという意味だろうか。

ベッドの上で丸まりながら、恐る恐る訊ねた。

「……俺のこと、エロすぎて嫌になりました？」

まさか一日もたたずに愛想を尽かされてしまったとなれば笑えない。しかも性の不一致。

あわあわする由貴を見下ろして、恭介が目をぱちくりとさせた。

「お前、本当にかわいいヤツだな」

真顔でそんなことを言ったかと思うと、すぐさま声を上げて笑い出す。

「嫌になるわけないだろ。見た目かわいくて中身がエロい恋人なんて、願ったりかなったりだよ。俺もよく顔と性格のギャップを指摘されるけど、お前も相当すごいギャップを隠し持ってるよな。でも、俺以外の奴には絶対に見せるなよ？　これは俺限定だ」

「……み、見せないですよ」

慌てて首を横に振ると、恭介が「よし」と満足そうに頷いた。

「細い体のくせして、いろんな意味で食いしん坊だからなあ」

腰を擦っていた手が、ふいに下がって剝き出しの尻をするんと撫でた。ビクッとする。円を描くようないやらしい手つきで由貴の尻を執拗に触ってくる恭介の方が、よほどエロいんじゃないかと思う。

長い指で敏感な内腿をくすぐりながら、恭介が酷く優しい声で言った。

「もうお前が寂しいなんて思うことがないように、お前の心も体も胃袋も、全部俺が満たしてやるよ。毎日おなかがいっぱいになるまでな」

ハッと首を捻って見上げると、そこには彼の極上の微笑みがあった。愛しいものを見つめる柔らかな眼差しと目が合って、胸がきゅんと高鳴る。由貴は居ても立ってもいられなくて、もそもそとベッドの上に体を起こした。正座をして恭介と向き合う。

「――ふっ、不束者《ふつつか》ですが、よろしくお願いします」

頭を下げる。一瞬の沈黙ののち、恭介がまた盛大に笑い出した。

「ふっ、くくっ、……こちらこそ、鬼王子ですが」

笑い声を必死に抑えながら、恭介がニヤリと口の端を引き上げてみせる。由貴はうっと言葉を詰まらせた。

「……まだ根に持ってますね」

「こんな顔してるけど、案外中身はしつこいんだよ。こっちの方もご希望とあらば」

いきなり恭介がパジャマの裾をぺろっと捲って、由貴の股間を覗き込んできた。

「お前はこっちもかわいいな」

びっくりして慌てて裾を押さえる。由貴はカアッと羞恥に顔を熱くした。

「きょ、恭介さんのがかわいくなさすぎるんですよ」

「へえ？　俺のはどんな感じだった？」

恭介がにじり寄るようにして由貴の前で胡坐《あぐら》を掻く。思わず目線が下がってしまい、ハッと我に返った由貴は急いでその一点から顔を背けた。

「どうした？　何を考えてるんだよ、由貴。耳まで真っ赤だぞ」

ふうっと耳の孔に息を吹きかけられて、ぞくっとする。

「な、何でもな、い……っ」

耳朶を甘噛みしてくる恭介をどうにかして押し返そうと腕を突っ張るが、逆に手首を取られてしまう。真っ赤に染まった顔を覗き込むようにして、チュッとキスを掠め取られた。

「答えはまた帰ってから聞こうかな。今夜もかわいくてエロい由貴を期待してるから」

「――――！」

色香を孕んだ熱っぽい眼差しに絡め取られて、由貴はボッと顔から火を噴くかと思った。内腿をもじもじと擦り合わせながら、小さな声で答える。

「……が、がんばります」

間近で恭介の美貌が面食らったように瞬いた。次の瞬間、これでもかというほど目尻を下げて笑う。

「もう本当にお前がかわいすぎて困る。どうやってとろとろのメロメロにしてやろうかな」

「……ほどほどでいいです」

「いいや、お前が困るくらい溺愛してやるから、覚悟しとけよ」

「――――！」

恭介がニヤッと含み笑いをしてみせた。由貴は自分の顔に一気に熱が広がっていくのを感じる。

「由貴、かわいすぎ」

愛しげに微笑んだ恭介が、由貴の唇を優しく塞いできた。

うさ日記

人間が書くと聞いている日記というものを、うさぎの自分も書いてみようとおモフ。


プゥです。

三歳になる白うさぎの雄です。

ぼくは生まれてすぐに今のご主人様にもらわれました。ご主人様はとてもぼくをかわいがってくれて、ぼくもそんなご主人様が大好きです。ぼくたちは仲良く暮らしていました。

そんなぼくたちにこのたび新しい家族が増えました。

ユキくんです。

ユキくんは人間ですが、なぜだかとても親近感を覚える特別な人間さんです。

勉強家のユキくんは、うさぎのことをとてもよく勉強してくれています。今ではゴハンの準備もおうちのお掃除も部屋の温度や湿度管理まですべて完璧です。ブラッシングはご主人様よりも上手かもしれません。

ご主人様もユキくんもぼくをとてもかわいがってくれます。さんにん仲良しです。

だけど最近、ちょっと不満に思うことがあるんです。

今日も、ぼくがユキくんのお膝《ひざ》の上でブラッシングをしてもらっている時のことでした。

「あー、今日も一日よく働いたな」

ご主人様がやってきて、ぼくをひょいと抱き上げたのです。そして、ぼくが座っていたユキくんのお膝の上に、ご主人様がごろんと寝転がってしまいました。ぼくはご主人様の硬い腹の上に移動になりました。

ああもう、せっかくユキくんに頭を撫《な》でてもらっていたのに！

最近、こういうことが多いのです。もふっと不貞腐れていると、ご主人様がぼくを自分の顔の近くまで引き上げて、頬擦《ほおず》りを始めました。ご機嫌取りでしょうか？

「プウの毛並みはやっぱり気持ちがいいな。由貴にブラッシングしてもらって、ますます男前になってるぞ」

『！』

褒められると嬉《うれ》しいものです。お仕事でお疲れのご主人様とひとしきりじゃれ合った後、ぼくは再び硬い腹の上に戻されました。でも満足です。ご主人様の上でうーんと手足を伸ばすと、思わずあくびが出ました。

「あ、プウがあくびをしてる。眠くなったのかな？」

目敏《めざと》いユキくんです。でも、まだまだ大丈夫ですよ。遊んでくれるなら大歓迎！　だけどユキくんは、ぼくではなくご主人様の頭をナデナデしています。ご主人様も目を瞑って気持ち好さそう。

「恭介《きょうすけ》さん。今日のディナーのお客さん、すごく喜んでくれてましたよね」

「ああ、山根《やまね》さん夫妻な。雑誌を見て、わざわざうちの店に来てくれたんだよ。今日は結婚記念日だったらしい。毎年食事をしていたレストランが急に閉店したんだと。今年はどうしようかと言っていたところに、偶然雑誌でうちの店を見つけたんだってさ」

「そうだったんですか。おまかせした料理も珍しいものばかりで全部美味《おい》しかったし、お店の雰囲気も落ち着いていて凄《すご》く気に入ったって言ってくれてましたよね」

「ああ。来年もお願いしたいって仰《おっしゃ》ってくれたよ」

「凄いじゃないですか！　雑誌の効果が確実に現れてますよね。真野《まの》さんが上手《うま》く気を利かせてくれたから、常連さんが困るほどお客さんが殺到したわけじゃないですし。コースディナーの予約が来月も半分くらい埋まってるって、鈴谷《すずや》くんが喜んでました」

「そうだな。今度、改めて礼を言わないとな。結婚祝いまで催促されそうだけど」

どうやらふたりはお仕事の話をしているようでした。ぼくにはよくわかりません。耳を倒して寝そべっていると、本当に眠くなってきます。ユキくんのお膝も好きですが、ご主人様の腹の上もほどよい弾力で気持ち好いのです。

「そういえば、昼間に葉一《よういち》から電話があったんだ」

「え？」と、ユキくんの声が少しばかり動揺しているのが伝わってきました。どうしたのかな？　ぼくはピクッと耳を澄まします。

「ようやくチケット分のバイト代を稼いだらしい。親に謝りにいってきたそうだ」

「あ……そうでしたか」

ユキくんがホッとしたのがわかりました。一緒にぼくも気を弛めます。

「何だか申し訳なかったです。半分は俺が使ったのに」

「その分、うちの店に還元してくれているんだから別に気にすることはないだろ。あの時、実家の売り上げを立て替えたのは俺だしな。ちゃんと金は回ってるから大丈夫。それに、俺のところにはもっといいものがやってきたし……」

あっ、またユキくんが動揺し始めました。でも今度はさっきとは漂ってくるものが違います。チラッと片方の目を開けてこっそり様子を窺うと、ご主人様が長い手を伸ばしてユキくんのほっぺをナデナデしていました。色白のユキくんはほんのりピンク色。

「お前の方は、あれから何も変わりないか？　あの中学校教師は？」

「あ、大丈夫です。西内《にしうち》さんもあれからぱったり図書館には姿を見せなくなったので」

「そうか。何かあったらちゃんと言えよ」

「……はい」

頷いたユキくんは、とても嬉しそうでした。そんなユキくんを見上げるご主人様も優しい顔をして笑っています。

「なあ由貴、この恰好だと俺の方からは届かない。お前からキスしてくれよ」

『！』

急にご主人様の声が甘ったるく変化しました。何やら桃色の気配です。

「え？　ちょっ、きょ、恭介さん、変なとこ触らないで……ここじゃダメですよ」

「何で？」

「だ、だって、プウがいるじゃないですか」

ユキくんがあたふたし始めました。

「プウならもう寝たぞ。さっきもまたあくびしてたからな。ほら、目を瞑って気持ち好さそうに夢の中だ」

「……あ、本当だ。プウ、寝ちゃった……？」

寝てません。でも、空気を読みます。ぼくはしっかりと目を閉じて、寝たふりを決め込みました。

「な？　大丈夫だろ。うちの子はよく寝るからな。ゴハンもモリモリ食べるし、運動も大好きだし、賢いし、かわいくて本当にいい子だ。ますます男前に育つぞ」

もっと褒めてください。うさぎは褒められると伸びる生き物なのです。だから、ご主人様の気持ちを察して、ここは寝たふりです。耳をぱたんと閉じました。さあ、ユキくん。ぼくのことはお気になさらず、ブチュッとどうぞ！

「…………」

「………」

ふわんふわんと漂ってくる甘い雰囲気を、ブラッシングし立ての被毛が敏感に感じ取りました。

どうやらふたりはらぶらぶしているようです。

ちょっと前に、ユキくんはソファの寝床から引っ越しました。今はご主人様のお部屋で一緒に寝ています。そして、もうすぐこのおうちからも引っ越す予定なのです。今度のおうちはもっと広くて、ぼくのおうちも新調してもらえることになりました。サークルも大きいものに変えてくれるとご主人様は約束してくれました。ワクワクドキドキです。今からとっても楽しみ！

まだ桃色の気配は続いているようでした。

ご主人様はユキくんが大好きです。ユキくんもご主人様が大好きです。

ふたりが仲良くしていると、ぼくも嬉しくなるのです。

いつまでもらぶらぶしていてねと思いながら、ぼくは一足先に眠ることにしました。

ふたりとも、おやすみなさい。また明日もいっぱい遊んでね。

あとがき

このたびは拙著をお手に取っていただき、ありがとうございました。

今更ですが、自分はうさぎが好きらしいと気づきました。あまり意識しているつもりはなかったのですが、どう考えても過去の作品はうさぎ率が高く、どうやら無意識にあのちっこいふかふかしたイキモノに癒やされているみたいです。イラストのプウがまた、紙に頬擦りしたくなるほどかわいくて、とっても癒やされました。やっぱりもふもふはいいですよね。

そんなわけで楽しく書かせていただきました。分類上、うさぎ系男子というのはもう少し腹黒さが必要なようですが、やりすぎるとあざとくなってしまうので、由貴のイメージはあくまで私の中のうさぎ系男子です。見た目はかわいくて寂しがりや。警戒心が強い（？）けど、一度心を許したらとことん懐く。そして相手の恭介は見た目は王子、中身は鬼にしてみました。もっと鬼成分が多くてもよかったのかもしれませんが、二人とも寂しがりやなのでこんな感じの仕上がりに。みなさまにも気に入っていただけると嬉しいです。

今回もたくさんの方々にお世話になりました。この場をお借りして御礼申し上げます。

特にイラストをご担当くださいました、カワイチハル先生。実は以前にお会いしたことがあるのですが、まさか先生も覚えていてくださったことに感激しました。デビューしたての頃で、とにかく緊張してまともに喋れなかった私を優しく気遣っていただき、あの時は本当にどうもありがとうございました。大勢の人がいた中、ほんの僅かな時間でしたので、私の中だけの思い出だったのですが、何年も経った今、こうしてご一緒することができて嬉しい限りです。担当さんには当時のお話はしていなかったので、今回の作品で繋いでいただき、不思議なご縁を感じました。いろいろとこだわってくださって、イメージ通りの由貴と恭介を拝見した時には思わずはしゃいでしまったくらいです。プウもかわいく描いてもらって、お忙しい中、素敵なイラストの数々をどうもありがとうございました。

そして、いつもお世話になります担当様。今回もぎりぎりですみません……。特に年末にかかっていたので、お仕事が前倒しになる中、いろいろとご迷惑をおかけしました。2015年はあっという間に過ぎてしまって、担当さんと二人で「わー、時間がない！」と騒いでいるうちに終わっちゃいましたよね。クリスマスを前にしてケーキじゃなくてカニが食べたいと言って逃避しました。そんな感じで年が明けて2016年。うさぎ年ではないですが、うさぎ系男子からのスタートということで、精進しますのでどうぞよろしくお願いします。

最後になりましたが、ここまでお付き合い下さった読者のみなさまに最大の感謝を。何かしら楽しんでいただける部分があれば幸いです。どうもありがとうございました！

榛名　悠

✦初出　うさぎ系男子の溺愛ルール……………書き下ろし
うさ日記………………………………………書き下ろし

榛名 悠先生、カワイチハル先生へのお便り、本作品に関するご意見、ご感想などは
〒151-0051 東京都渋谷区千駄ヶ谷 4-9-7
幻冬舎コミックス　ルチル文庫「うさぎ系男子の溺愛ルール」係まで。

幻冬舎ルチル文庫

うさぎ系男子の溺愛ルール

2016年1月20日　第1刷発行

✦著者　榛名 悠　はるな ゆう

✦発行人　石原正康

✦発行元　株式会社 幻冬舎コミックス
〒151-0051 東京都渋谷区千駄ヶ谷 4-9-7
電話 03(5411)6431［編集］

✦発売元　株式会社 幻冬舎
〒151-0051 東京都渋谷区千駄ヶ谷 4-9-7
電話 03(5411)6222［営業］
振替 00120-8-767643

✦印刷・製本所　中央精版印刷株式会社

✦検印廃止

ISBN978-4-344-83628-0　C0193　Printed in Japan

「幻冬舎ルチル文庫」

大好評発売中

姉の忘れ形見、五歳の双子・羽海と空良を育てている保育士の小玉宏斗は、ある日スーパーで特売品を奪った眼光鋭い大男＝浦原伊澄と職場で再会。彼は強面な見た目に反して子供の人気抜群で料理も得意なスーパー保育士だった。料理下手な宏斗をスパルタ教育する浦原だけど、一緒に双子の世話をしたり食卓を囲む内、徐々に家族愛(?)が芽生えてきて……。

榛名 悠

イラスト
街子マドカ

本体価格630円＋税

「ダブルパパはじめました。」

発行●幻冬舎コミックス　発売●幻冬舎